MARCHA CRIANÇA

1º ANO
ENSINO FUNDAMENTAL

ENSINO RELIGIOSO

Dagmar de Assis Ramos
Professora e pesquisadora do Ensino Fundamental e Médio.
Bacharela em Direito com licenciatura plena em História.
Pós-graduada em História do Brasil pela Universidade Candido Mendes (Ucam-RJ).
Pós-graduada em Teologia pela Pontifícia Universidade Católica do Rio de Janeiro (PUC-RJ).

Decimar de Assis Henrique
Professora e pesquisadora das áreas de Educação e de Ensino Religioso, credenciada pelo curso superior de Teologia da Arquidiocese de Brasília.
Professora do Ensino Fundamental da rede pública do município do Rio de Janeiro.

editora scipione

editora scipione

Presidência: Mario Ghio Júnior
Direção geral de Conteúdo e Operações: Wilson Troque
Direção editorial: Lidiane Vivaldini Olo
Gerência editorial: Viviane Carpegiani
Gestão de área: Tatiany Renó
Edição: Mariangela Secco (coord.), André Fonseca (editor)
Planejamento e controle de produção: Flávio Matuguma, Juliana Batista, Felipe Nogueira e Juliana Gonçalves
Revisão: Kátia Scaff Marques (coord.), Brenda T. M. Morais, Claudia Virgilio, Daniela Lima, Malvina Tomáz e Ricardo Miyake
Arte: Claudio Faustino (ger.), Erika Tiemi Yamauchi (coord.), Simone Aparecida Zupardo Dias (edição de arte)
Iconografia e tratamento de imagem: Sílvio Kligin (ger.), Denise Durand Kremer (coord.), Thaisi Lima (pesquisa iconográfica), Fernanda Crevin (tratamento de imagens)
Licenciamento de conteúdos de terceiros: Roberta Bento (gerente); Jenis Oh (coord.); Liliane Rodrigues; Flávia Zambon e Raísa Maris Reina (analistas de licenciamento)
Ilustrações: Paula Kranz (Aberturas de unidade), DS Ilustra (Miolo)
Design: Gláucia Correa Koller (ger.), Flávia Dutra e Gustavo Vanini (proj. gráfico e capa), Erik Taketa (pós-produção)
Ilustração de capa: Estúdio Luminos

Avenida das Nações Unidas, 7221, 1º andar, Setor D
Pinheiros – São Paulo – SP – CEP 05425-902
Tel.: 4003-3061
www.scipione.com.br / atendimento@scipione.com.br

Dados Internacionais de Catalogação na Publicação (CIP)

Henrique, Decimar de Assis
Marcha Criança : Ensino religioso : 1º ao 5º ano / Decimar de Assis Henrique, Dagmar de Assis Ramos. -- 3. ed. -- São Paulo : Scipione, 2020.
(Coleção Marcha Criança ; vol. 1 ao 5)

Bibliografia

1. Ensino religioso (Ensino fundamental) - Anos iniciais I. Título II. Ramos, Dagmar de Assis III. Série

20-1104 CDD 371.07

Angélica Ilacqua - Bibliotecária - CRB-8/7057

2023
Código da obra CL 745889
CAE 721174 (AL) / 721175 (PR)
ISBN 9788547403133 (AL)
ISBN 9788547403140 (PR)
3ª edição
8ª impressão
De acordo com a BNCC.

Impressão e acabamento Ricargraf

Uma publicação SOMOS EDUCAÇÃO

Com ilustrações de **Paula Kranz**, seguem abaixo os créditos das fotos utilizadas nas aberturas de Unidade:

UNIDADE 1: Lixeiras: BIRTHPIX/Shutterstock, **Escorregador:** SabOlga/Shutterstock, **Arbusto:** BK foto/Shutterstock, **Parede:** PopTika/Shutterstock, **Árvores:** Ken StockPhoto/Shutterstock, ***Van*:** TeamDAF/Shutterstock, **Sacola:** Pixel-Shot/Shutterstock.

UNIDADE 2: Patos: Tsekhmister/Shutterstock, **Peixe:** Alexander Raths/Shutterstock, **Banco:** a_v_d/Shutterstock, **Paisagem:** tcharts/Shutterstock, **Gramado:** EFKS/Shutterstock, **Flores:** sakdam/Shutterstock, **Arbusto com flores vermelhas:** REBMEVONXI/Shutterstock, **Árvores:** Ken StockPhoto/Shutterstock.

UNIDADE 3: Pássaros: Resul Muslu/Shutterstock, **Coqueiros:** Jakkrit Orrasri/Shutterstock, **Baldes de areia:** Irina Rogova/Shutterstock, **Cadeira de praia e guarda-sol vermelhos:** Ljupco Smokovski/Shutterstock, **Guarda-sol azul:** Veniamin Kraskov/Shutterstock, **Cadeira de praia e guarda-sol azul:** Ljupco Smokovski/Shutterstock, **Chinelo, castelo de areia, estrela-do-mar e balde de areia:** Ivonne Wierink/Shutterstock, **Areia:** domnitsky/Shutterstock, **Areia e areia com conchas:** xpixel/Shutterstock, **Morro de areia:** Fabiana Pierre/Shutterstock, **Lagarto:** Paulo Ragner/Shutterstock.

UNIDADE 4: Vassoura: Pawel_Brzozowski/Shutterstock, **Lixeira:** Inga Nielsen/Shutterstock, **Roda do carrinho:** MARGRIT HIRSCH/Shutterstock, **Montanha-russa:** jeep5d/Shutterstock, **Maçã do amor:** Paulo Vilela/Shutterstock, **Barracas de madeira:** Richard Peterson/Shutterstock, **Arbusto:** BK foto/Shutterstock, **Flores no vaso:** sakdam/Shutterstock, **Roda-gigante:** dimitris_k/Shutterstock.

APRESENTAÇÃO

QUERIDO ALUNO,

TODOS OS DIAS VOCÊ BRINCA, APRENDE E FAZ DESCOBERTAS.

VOCÊ ESTÁ CRESCENDO!

PENSANDO NISSO, DESEJAMOS QUE, POR MEIO DO ENSINO RELIGIOSO, VOCÊ CONSTRUA SUA VIDA POR CAMINHOS LIVRES DE PRECONCEITOS EM BUSCA DE UM MUNDO MELHOR.

NÓS ESPERAMOS QUE, AUXILIADO POR ESTE MATERIAL, VOCÊ CRESÇA EM TAMANHO E SABEDORIA, E QUE A CADA LIÇÃO VOCÊ PRATIQUE O AMOR AO PRÓXIMO E À NATUREZA.

CADA UNIDADE FOI PENSADA PARA CONTRIBUIR COM O SEU DESENVOLVIMENTO DENTRO E FORA DA SALA DE AULA.

VAMOS JUNTOS APRENDER QUE SOMOS TODOS IRMÃOS!

UM CARINHOSO ABRAÇO,

AS AUTORAS

DS ilustras/Arquivo da editora

CONHEÇA SEU LIVRO

VEJA A SEGUIR COMO SEU LIVRO ESTÁ ORGANIZADO.

UNIDADE

SEU LIVRO ESTÁ ORGANIZADO EM QUATRO UNIDADES. AS ABERTURAS SÃO COMPOSTAS DOS SEGUINTES BOXES:

ENTRE NESTA RODA

VOCÊ E OS COLEGAS TERÃO A OPORTUNIDADE DE CONVERSAR SOBRE A IMAGEM APRESENTADA E A RESPEITO DO QUE JÁ SABEM SOBRE O TEMA DA UNIDADE.

NESTA UNIDADE VAMOS ESTUDAR...

NESTE BOXE, VOCÊ VAI ENCONTRAR UMA LISTA DOS CONTEÚDOS QUE SERÃO ESTUDADOS NA UNIDADE.

ATIVIDADES

MOMENTO DE VERIFICAR, POR MEIO DE ATIVIDADES DIVERSIFICADAS, SE OS CONTEÚDOS FORAM COMPREENDIDOS.

EM CADA UM DOS DEZESSEIS ITENS NUMERADOS, VOCÊ ENCONTRA DIVERSOS CONTEÚDOS E PROPOSTAS DE REFLEXÃO.

VOCÊ EM AÇÃO

VOCÊ ENCONTRARÁ ESTA SEÇÃO EM TODAS AS DISCIPLINAS. EM **ENSINO RELIGIOSO**, ELA PROPÕE ATIVIDADES PRÁTICAS QUE TRABALHAM COMPETÊNCIAS SOCIOEMOCIONAIS.

O TEMA É...

COMUM A TODAS AS DISCIPLINAS, ESTA SEÇÃO TRAZ UMA SELEÇÃO DE TEMAS PARA VOCÊ REFLETIR, DISCUTIR E APRENDER MAIS, AJUDANDO-O A ATUAR NO SEU DIA A DIA COM MAIS CONSCIÊNCIA!

SAIBA MAIS

BOXES COM CURIOSIDADES, REFORÇOS E DICAS SOBRE O CONTEÚDO ESTUDADO.

AMPLIANDO O VOCABULÁRIO

ALGUMAS PALAVRAS ESTÃO DESTACADAS NO TEXTO E O SIGNIFICADO DELAS APARECE SEMPRE NA MESMA PÁGINA. ASSIM, VOCÊ PODE AMPLIAR SEU VOCABULÁRIO.

QUEM É?

BOXE COM INFORMAÇÕES SOBRE AUTORES E ARTISTAS.

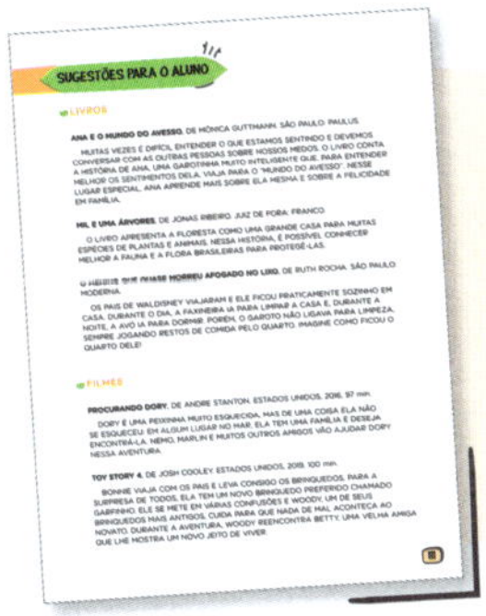

SUGESTÕES PARA O ALUNO

SELEÇÃO DE LIVROS, CDS, FILMES E *SITES* PARA COMPLEMENTAR SEUS ESTUDOS E AMPLIAR SEUS CONHECIMENTOS.

ADESIVOS

NO FINAL DO VOLUME, VOCÊ ENCONTRA ADESIVOS PARA COLAR NAS ATIVIDADES DO LIVRO.

MATERIAL COMPLEMENTAR

CADERNO DE CRIATIVIDADE E ALEGRIA

MATERIAL QUE EXPLORA OS CONTEÚDOS DE ENSINO RELIGIOSO DE FORMA DIVERTIDA E CRIATIVA!

QUANDO VOCÊ ENCONTRAR ESTES ÍCONES, FIQUE ATENTO!

EM DUPLA

EM GRUPO

COM A FAMÍLIA

NO CADERNO

ORAL

SUMÁRIO

yongtick/Shutterstock

Liderina/Shutterstock

Rawpixel.com/Shutterstock

Adam Jan Figel/Shutterstock

UNIDADE 1

VIVA A VIDA!

ENTRE NESTA RODA

- A SUA FAMÍLIA É GRANDE OU PEQUENA?
- QUAL É A SUA BRINCADEIRA PREFERIDA?
- COMO VOCÊ VAI PARA A ESCOLA?

NESTA UNIDADE VAMOS ESTUDAR...

- QUEM SOU EU, QUEM É O OUTRO
- OS NOSSOS AMIGOS
- A NOSSA FAMÍLIA
- COMO ESTAMOS CRESCENDO

Paula Kranz/Arquivo da editora

1 EU SOU...

O PASTOR CHAMA AS OVELHAS PELO NOME.

EVANGELHO SEGUNDO JOÃO 10,3

TODO MUNDO TEM NOME. LEIA O TEXTO ABAIXO COM O PROFESSOR.

SOU GENTE PEQUENA!
TENHO UM NOME MUITO LINDO,
QUE COM CUIDADO FOI ESCOLHIDO,
PARA EU SER RECONHECIDO.

QUERO TER MUITOS AMIGOS,
E SEUS NOMES CONHECER.
VAMOS TODOS PULAR E CORRER,
MUITAS COISAS APRENDER.

QUERO A DEUS AGRADECER,
POR MEU NOME CONHECER,
E ESTAR SEMPRE AO MEU LADO,
PARA ME AMAR E PROTEGER.

TEXTO ELABORADO PELAS AUTORAS ESPECIALMENTE PARA ESTA OBRA.

DS Ilustras/Arquivo da editora

- APRESENTE-SE PARA A TURMA DIZENDO SEU NOME.

SOMOS DIFERENTES

JOÃO E LAURA SÃO IRMÃOS.

OLÁ, MEU NOME É JOÃO. TENHO 6 ANOS. GOSTO DE BRINCAR COM MEUS AMIGOS.

wavebreakmedia/Shutterstock

SOU A LAURA. TENHO 7 ANOS E O QUE MAIS GOSTO DE FAZER É PASSEAR COM MINHA FAMÍLIA.

Studio 1One/Shutterstock

A FRUTA PREDILETA DE JOÃO É A MELANCIA.

Maryna Pleshkun/Shutterstock

LAURA PREFERE O MAMÃO.

Yeko Photo Studio/Shutterstock

ATIVIDADES

1 AGORA É SUA VEZ DE CONTAR UM POUCO SOBRE VOCÊ E CONHECER MELHOR UM COLEGA DA TURMA.

A) EM DUPLAS, FIQUE DE FRENTE PARA O COLEGA E PERGUNTE:

- A IDADE DELE;
- QUAL É A FRUTA QUE ELE PREFERE;
- O QUE ELE MAIS GOSTA DE FAZER COM A FAMÍLIA.

B) AGORA, CONTE PARA A TURMA SE AS RESPOSTAS DO COLEGA FORAM IGUAIS OU DIFERENTES DAS SUAS.

2 CUBRA A PALAVRA PONTILHADA ABAIXO E, DEPOIS, DESENHE AS SUAS FRUTAS PREFERIDAS.

F R U T A S

judyjump/Shutterstock

3 NÃO HÁ NENHUMA PESSOA IGUAL A VOCÊ NO MUNDO. COLE ABAIXO UMA FOTO SUA OU DESENHE O SEU RETRATO. EM SEGUIDA, DECORE O ESPAÇO EM BRANCO COM DESENHOS DE COISAS DE QUE VOCÊ GOSTA.

4 ESCREVA ABAIXO SEU NOME E SOBRENOME.

5 OBSERVE AS IMAGENS ABAIXO.

Ilustrações: DS ilustras/ Arquivo da editora

A) AGORA, CRIE UMA CENA UTILIZANDO A SUA IMPRESSÃO DIGITAL COMO CORPO DOS ANIMAIS.

B) NÃO HÁ NINGUÉM COM UMA IMPRESSÃO DIGITAL IGUAL À SUA! COMPARE O CORPO DOS SEUS ANIMAIS COM OS FEITOS PELOS COLEGAS E PERCEBA QUE NENHUM ANIMAL FICOU IGUAL AO SEU.

VOCÊ EM AÇÃO

CONFECCIONANDO UM CRACHÁ

MATERIAL NECESSÁRIO

DS Ilustras/Arquivo da editora

- CARTOLINA COLORIDA
- UMA CANETA HIDROCOR
- MATERIAIS PARA DECORAR (LANTEJOULA, PURPURINA, RECORTES, ETC.)
- FURADOR DE PAPEL
- TESOURA COM PONTAS ARREDONDADAS
- RÉGUA
- UM PEDAÇO DE BARBANTE COM 45 cm

COMO FAZER

- ESCOLHA UMA CARTOLINA DA COR DE QUE VOCÊ MAIS GOSTA.
- RECORTE A CARTOLINA EM FORMATO DE RETÂNGULO (12 cm × 8 cm).
- O PROFESSOR VAI FURAR A CARTOLINA NA PARTE SUPERIOR.
- ESCREVA SEU NOME NO PEDAÇO DE CARTOLINA.
- DECORE COMO PREFERIR.
- AMARRE AS EXTREMIDADES DO BARBANTE NOS FURINHOS DA CARTOLINA.

1 MOSTRE AOS COLEGAS COMO FICOU O SEU CRACHÁ E VEJA O DELES TAMBÉM.

A) OS CRACHÁS FICARAM PARECIDOS?

B) CONTE AOS COLEGAS DO QUE MAIS GOSTOU NO CRACHÁ QUE ELES FIZERAM.

2 USE O CRACHÁ DURANTE AS AULAS.

2 SEMPRE ME ALEGRO

ALEGRAI-VOS SEMPRE NO SENHOR, ALEGRAI-VOS.

CARTA AOS FILIPENSES 4,4

O QUE É FELICIDADE? OBSERVE O QUE AS CRIANÇAS RESPONDERAM.

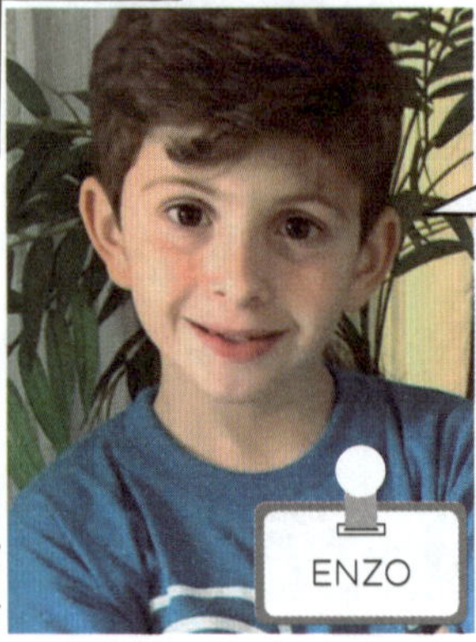

Reprodução/Acervo da autora

BRINCAR COM MEUS AMIGOS ME DEIXA FELIZ.

Ilustrações: DS ilustras/Arquivo da editora

SOU FELIZ QUANDO APRENDO COISAS NOVAS.

Samuel Borges Photography/Shutterstock

Pixel-Shot/Shutterstock

FALAR COM DEUS ME DÁ ALEGRIA.

GOSTO DE CONVERSAR COM MEUS PAIS.

Alex Veresovich/Shutterstock

Andresr/Shutterstock

ESTAR PERTO
DA NATUREZA.

PASSAR O
DOMINGO NA
CASA DA VOVÓ.

Lopolo/Shutterstock

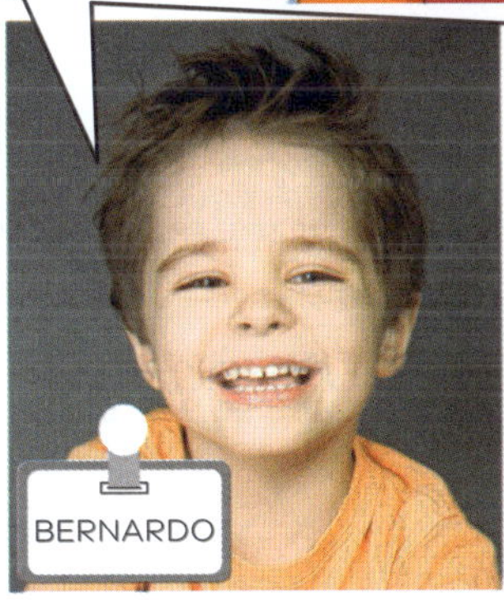

Anastasia Shilova/Shutterstock

AJUDAR
A QUEM
PRECISA.

FELICIDADE É
FAZER UMA NOVA
AMIZADE.

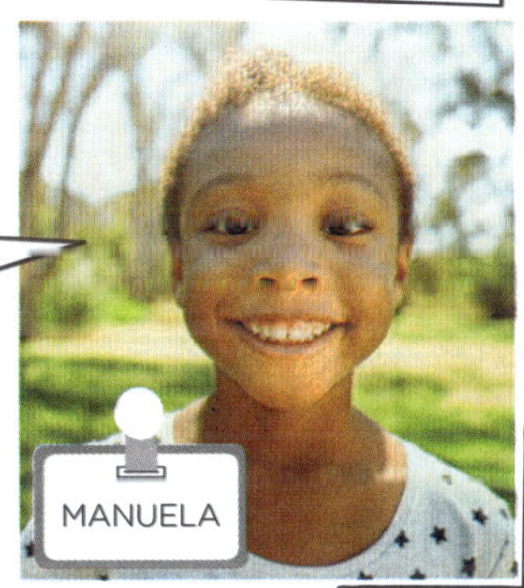

Monkey Business Images/Shutterstock

Ilustrações: DS ilustras/Arquivo da editora

1 O QUE É FELICIDADE PARA ALICE? COLE, NO BALÃO DE FALA, O ADESIVO CORRETO DO FINAL DO LIVRO.

2 O QUE DEIXA ARTUR FELIZ? COLE, NO BALÃO DE FALA, O ADESIVO CORRETO DO FINAL DO LIVRO.

3 NO BALÃO DE FALA DE LUIZA, DESENHE A MENINA ADMIRANDO A NATUREZA.

ATIVIDADES

1 DESENHE NO ESPAÇO ABAIXO O QUE É FELICIDADE PARA VOCÊ.

2 ESCOLHA UMA PESSOA DA SUA FAMÍLIA E PERGUNTE A ELA O QUE É FELICIDADE. DEPOIS, DESENHE NO ESPAÇO ABAIXO O QUE ELA RESPONDEU.

3 EM CLASSE, COMPARTILHE COM OS COLEGAS OS DESENHOS QUE VOCÊ FEZ E VEJA O QUE ELES DESENHARAM TAMBÉM.

4 EM DUPLAS, FAÇAM A ATIVIDADE *JOGO DA MEMÓRIA DAS BRINCADEIRAS INFANTIS* DAS **PÁGINAS 3** E **5** DO **CADERNO DE CRIATIVIDADE E ALEGRIA**.

5 CONTORNE O BOLO MAIS GOSTOSO.

Lisa S./Shutterstock

Luisrftc/Shutterstock

Shafostock/Shutterstock

- CONTE A UM COLEGA DA CLASSE O QUE VOCÊ MAIS GOSTA DE COMER EM SUA CASA. OUÇA COM ATENÇÃO O QUE ELE RESPONDER.

6 DESENHE UMA CARINHA FELIZ  NAS SITUAÇÕES ALEGRES E UMA CARINHA TRISTE  NAS SITUAÇÕES TRISTES.

Ilustrações: DS ilustras/ Arquivo da editora

O TEMA É...

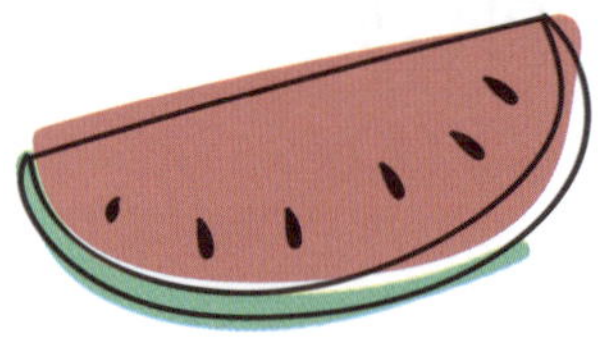

SAÚDE E ALEGRIA

TER SAÚDE É MOTIVO DE ALEGRIA.

AO INCLUIR VEGETAIS, VERDURAS E FRUTAS NAS SUAS REFEIÇÕES DO DIA A DIA, VOCÊ AJUDA O SEU CORPO A FICAR SAUDÁVEL.

- **OBSERVE OS ALIMENTOS ABAIXO E CONTORNE TRÊS DELES PARA FORMAR UM LANCHE SAUDÁVEL.**

Valentyn Volkov/ Shutterstock

MAÇÃ

Adao/Shutterstock

COXINHA

SaGa Studio/Shutterstock

TOMATES

hsagencia/Shutterstock

SUCO DE LARANJA

rodrigobark/Shutterstock

QUEIJO

Africa Studio/Shutterstock

PIZZA

WIPHARAT CHAINUPAPHA/ Shutterstock

PÃO DE FÔRMA

Tiago M Nunes/ Shutterstock

REFRIGERANTE

Tarasyuk Igor/Shutterstock

ÁGUA

stockcreations/Shutterstock

SORVETE

NO JAPÃO, AS PESSOAS COSTUMAM UTILIZAR MARMITAS PARA LEVAR REFEIÇÕES PARA O LOCAL DE TRABALHO OU PARA A ESCOLA.

É MUITO COMUM AS MÃES JAPONESAS PREPARAREM UMA MARMITA BEM DIVERTIDA PARA OS FILHOS LANCHAREM NO INTERVALO DAS AULAS.

Nataliya Arzamasova/Shutterstock

Mali Jasmine/Shutterstock

O NOME DESSAS MARMITAS É *OBENTO*. O FORMATO E A ARRUMAÇÃO DOS ALIMENTOS SÃO SEMPRE BEM VARIADOS E DIVERTIDOS PARA ABRIR O APETITE DAS CRIANÇAS.

A IDEIA É INCENTIVAR OS FILHOS A SE ALIMENTAREM DE FORMA SAUDÁVEL E COM ALIMENTOS VARIADOS.

- **E VOCÊ? O QUE COSTUMA COMER NO INTERVALO DAS AULAS?**

CRISTÃOS DO MUNDO INTEIRO COSTUMAM DAR GRAÇAS A DEUS PELO ALIMENTO ANTES DAS REFEIÇÕES.

DAR GRAÇAS: AGRADECER.

Monkey Business Images/Shutterstock

EM UMA DAS ORAÇÕES MAIS CONHECIDAS DO MUNDO, O **PAI NOSSO**, OS CRISTÃOS PEDEM QUE NUNCA FALTE ALIMENTO NO DIA A DIA.

"O PÃO NOSSO DE CADA DIA NOS DAI HOJE..."

- VOCÊ SE ALIMENTA DE FORMA SAUDÁVEL? CONTE AOS COLEGAS DE QUE FORMA VOCÊ CUIDA DA SUA SAÚDE.
- VOCÊ E SUA FAMÍLIA COSTUMAM AGRADECER A DEUS ANTES DAS REFEIÇÕES? CONTE AOS COLEGAS.
- VAMOS REZAR O PAI NOSSO?

PAI NOSSO QUE ESTAIS NOS CÉUS,
SANTIFICADO SEJA O VOSSO NOME,
VENHA A NÓS O VOSSO REINO,
SEJA FEITA A VOSSA VONTADE
ASSIM NA TERRA COMO NO CÉU.
O PÃO NOSSO DE CADA DIA NOS DAI HOJE,
PERDOAI-NOS AS NOSSAS OFENSAS
ASSIM COMO NÓS PERDOAMOS
A QUEM NOS TEM OFENDIDO,
E NÃO NOS DEIXEIS CAIR EM TENTAÇÃO,
MAS LIVRAI-NOS DO MAL.
AMÉM!

A ORAÇÃO DO SENHOR: PAI NOSSO. IN: **CATECISMO DA IGREJA CATÓLICA**. DISPONÍVEL EM: <vatican.va/archive/cathechism_po/index_new/p4s2_2759-2865_po.html>. ACESSO EM: 22 JAN. 2020.

3 PESSOAS QUE AMO

AME O SEU PRÓXIMO COMO A SI MESMO.

CARTA AOS GÁLATAS 5,14

O AMOR ESTÁ PRESENTE DESDE O INÍCIO DA VIDA. OBSERVE AS FOTOS E LEIA O TEXTO COM O PROFESSOR.

AMO PAPAI E MAMÃE.
SINTO TANTO AMOR POR ELES.

AMO VOVÓ E VOVÔ.
POR ELES, SINTO TANTO AMOR.

AMO MUITAS PESSOAS,
IRMÃOS, TIOS, PRIMOS E AMIGOS.

JESUS AMOU A TODOS,
POR QUE NÃO POSSO AMAR TAMBÉM?

DEUS ME DEU UMA FAMÍLIA
DO MEU JEITINHO PARA EU AMAR.

PODE NÃO SER IGUAL A SUA,
MAS SEI QUE VOCÊ A AMA TAMBÉM.

TEXTO ELABORADO PELAS AUTORAS ESPECIALMENTE PARA ESTA OBRA.

Antonio Guillem/Shutterstock

Syda Productions/Shutterstock

Syda Productions/Shutterstock

yongtick/Shutterstock

Monkey Business Images/Shutterstock

LightField Studios/Shutterstock

- ALGUMA FAMÍLIA APRESENTADA NAS FOTOS SE PARECE COM A SUA? POR QUÊ? CONTE AO COLEGA QUE ESTÁ AO SEU LADO E OUÇA O QUE ELE TEM A DIZER.

wavebreakmedia/Shutterstock

ATIVIDADES

1 DESENHE NA CASA ABAIXO AS PESSOAS QUE MORAM COM VOCÊ. DEPOIS, PINTE O DESENHO.

DS ilustras/Arquivo da editora

2 QUEM CUIDA DE VOCÊ? CONTE AOS COLEGAS UM POUCO SOBRE ESSA PESSOA.

3 DENTRO DOS CORAÇÕES DESTA PÁGINA, ESCREVA O NOME DE ALGUMAS PESSOAS QUE VOCÊ AMA.

TENHO UM CORAÇÃO CHEIO DE AMOR

Tata Che/Shutterstock

4 COMPLETE A FRASE ABAIXO COM A LETRA **A** DE AMOR.

EU ....MO .... MINH.............. F..............MÍLI..............

5 LEIA ABAIXO, COM O PROFESSOR, O QUE RAFAELA ESCREVEU SOBRE A FAMÍLIA DELA.

EU MORO COM A MINHA FAMÍLIA E GOSTO MUITO DELA.

MEU PAPAI SE CHAMA LUCAS, MINHA MAMÃE SE CHAMA JULIANA. O NOME DO MEU IRMÃO É LÉO, ELE TEM 4 ANOS E É MAIS NOVO QUE EU. MINHA IRMÃ MAIS VELHA SE CHAMA CECÍLIA. ELA TEM 12 ANOS.

TODOS OS DOMINGOS, VAMOS VISITAR A VOVÓ LÚCIA E O VOVÔ PEDRO.

A VOVÓ COZINHA TUDO O QUE A GENTE GOSTA DE COMER E O VOVÔ SEMPRE ENSINA UMA BRINCADEIRA NOVA.

DS ilustras/Arquivo da editora

6 PINTE NO TEXTO AS PALAVRAS QUE REPRESENTAM AS PESSOAS QUE FAZEM PARTE DE UMA FAMÍLIA.

7 AGORA, CONTORNE AS PALAVRAS QUE REPRESENTAM AS PESSOAS QUE FAZEM PARTE DA SUA FAMÍLIA.

VOCÊ EM AÇÃO

SOU RESPONSÁVEL

PINGO É O CACHORRO DA FAMÍLIA FERREIRA.
CERTO DIA, PINGO VIU A PORTA DE CASA ABERTA E FUGIU.

PAULO SUSANA PINGO MARIANA TIAGO

1 O CÃOZINHO PINGO ESTÁ PERDIDO. TRACE O CAMINHO CORRETO PARA AJUDÁ-LO A REENCONTRAR A FAMÍLIA.

Ilustrações: DS ilustras/Arquivo da editora

2 POR QUE PINGO ESCAPOU DE CASA?

3 O QUE A FAMÍLIA FERREIRA DEVE FAZER PARA QUE ELE NÃO ESCAPE MAIS?

4 ASSINALE COM UM **X** AS AÇÕES QUE DEIXAM PINGO FELIZ.

A) ☐ OFERECER ÁGUA LIMPA PARA ELE BEBER.

B) ☐ GARANTIR ALIMENTAÇÃO DIÁRIA E DE QUALIDADE.

C) ☐ ESQUECER DE OFERECER ÁGUA LIMPA PARA ELE BEBER.

D) ☐ LEVÁ-LO AO VETERINÁRIO.

E) ☐ DEIXÁ-LO SOZINHO EM CASA NAS FÉRIAS.

F) ☐ DAR BANHO NELE SEMPRE QUE NECESSÁRIO.

G) ☐ BRINCAR COM ELE.

H) ☐ PROTEGÊ-LO DO SOL FORTE E DA CHUVA.

5 CONTE AOS COLEGAS:

A) SUA FAMÍLIA TEM ALGUM ANIMAL DE ESTIMAÇÃO?

B) COMO VOCÊS CUIDAM DELE?

C) VOCÊ ACHA QUE ELE É FELIZ?

6 DESENHE ABAIXO O SEU ANIMAL DE ESTIMAÇÃO. SE VOCÊ NÃO TIVER, DESENHE UM ANIMAL DE ESTIMAÇÃO QUE VOCÊ GOSTARIA DE TER.

4 ESTOU CRESCENDO

JESUS CRESCEU EM SABEDORIA, EM ESTATURA E EM GRAÇA.

EVANGELHO SEGUNDO LUCAS 2,52

O TEMPO PASSA PARA TODOS OS SERES VIVOS. VOCÊ PODE PERCEBER ISSO POR MEIO DE ALGUMAS MUDANÇAS, POR EXEMPLO, QUANDO CONSEGUE ALCANÇAR ALGUM OBJETO NO ALTO DE UMA PRATELEIRA QUE ANTES VOCÊ NÃO ALCANÇAVA.

LEIA O TEXTO COM O PROFESSOR.

MINHA BLUSA PREFERIDA ESTÁ CURTA.
MEU TÊNIS APERTA MEU PÉ.
O QUE ESTÁ ACONTECENDO?
NÃO SEI O QUE É.

PERGUNTO PRO PAPAI,
PERGUNTO PRA VOVÓ.
E TODOS DIZEM:
"VOCÊ ESTÁ CRESCENDO,
OLHE SÓ!"

TEXTO ELABORADO PELAS AUTORAS ESPECIALMENTE PARA ESTA OBRA.

DS ilustras/Arquivo da editora

- NO DIA A DIA, COMO VOCÊ PERCEBE QUE ESTÁ CRESCENDO? CONVERSE COM OS COLEGAS.

ATIVIDADES

1 DESENHE:

A) VOCÊ QUANDO ERA BEBÊ.

B) VOCÊ AGORA QUE É CRIANÇA.

C) VOCÊ QUANDO FOR ADULTO.

2 VOCÊ NÃO É MAIS UM BEBÊ.

A) CONTORNE DE **AZUL** O QUE VOCÊ JÁ CONSEGUE FAZER.

B) CONTORNE DE **VERMELHO** AS PESSOAS QUE AJUDAM VOCÊ A CRESCER COM ALEGRIA.

MÉDICA

PROFESSORA

FAMÍLIA

AMIGOS

Ilustrações: DS ilustras/Arquivo da editora

O TEMA É...

O DIREITO DAS CRIANÇAS

VOCÊ SABIA QUE TODAS AS CRIANÇAS DO MUNDO TÊM DIREITOS QUE GARANTEM A ELAS A SAÚDE E O BEM-ESTAR?

CONHEÇA ALGUNS DELES.

ALIMENTAÇÃO.

Wu dejun/Imaginechina/Associated Press/Glow Images

CRIANÇAS ALMOÇANDO NA CHINA, EM 2017.

CRESCER COM SAÚDE.

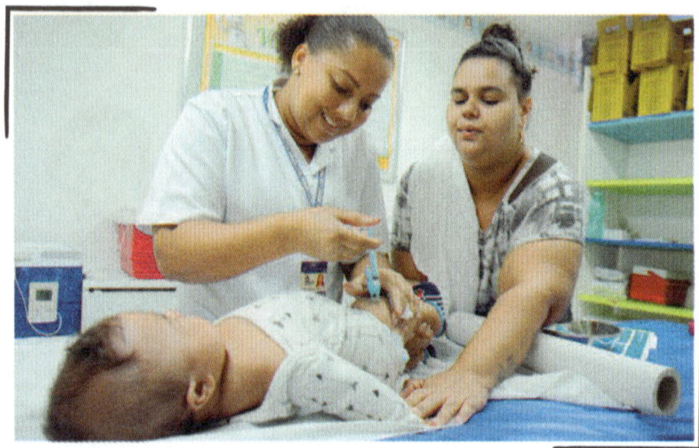

Hans Von Manteuffel/Pulsar Imagens

BEBÊ SENDO VACINADO EM CLÍNICA DE RECIFE, NO ESTADO DE PERNAMBUCO, EM 2018.

FREQUENTAR UMA ESCOLA.

Avatar_023/Shutterstock

CRIANÇAS DURANTE AULA EM ESCOLA NA TANZÂNIA, EM 2017.

CONVIVER COM A FAMÍLIA.

leshiy985/Shutterstock

FAMÍLIA PASSEANDO NO LAGO MAHARLOO, NO IRÃ, EM 2019.

CONVIVER COM A COMUNIDADE.

Cesar Diniz/Pulsar Imagens

CRIANÇAS PARTICIPANDO DE PROCISSÃO DE DOMINGO DE RAMOS, EM CAMPO GRANDE, NO ESTADO DE MATO GROSSO DO SUL, EM 2018.

1 MARQUE COM UM **X** AS FIGURAS QUE ILUSTRAM OS DIREITOS DAS CRIANÇAS.

Ilustrações: DS ilustras/Arquivo da editora

2 CONVERSE COM OS COLEGAS E O PROFESSOR SOBRE OS DIREITOS DAS CRIANÇAS. EM SEGUIDA, RESPONDA ÀS QUESTÕES.

A) NA SUA OPINIÃO, QUAL DIREITO É O MAIS IMPORTANTE?

B) QUAL É O PAPEL DOS FAMILIARES NO CUMPRIMENTO DESSES DIREITOS?

UNIDADE 2

O VALOR DA CONVIVÊNCIA

ENTRE NESTA RODA

- OBSERVE A CENA. SE VOCÊ PUDESSE, COM QUEM GOSTARIA DE ESTAR? POR QUÊ?
- VOCÊ TEM FEITO NOVOS AMIGOS?
- COMO VOCÊ PODE AJUDAR SEUS FAMILIARES OU AMIGOS?

NESTA UNIDADE VAMOS ESTUDAR...

- AS BOAS ATITUDES
- AS NOSSAS CRENÇAS
- COMO CUIDAR DE NOSSAS AMIZADES

Paula Kranz/Arquivo da editora

5 AS BOAS PALAVRAS

PALAVRAS GENTIS SÃO UM FAVO DE MEL, DOÇURA PARA A ALMA E SAÚDE PARA O CORPO.

PROVÉRBIOS 16,24

TODAS AS PALAVRAS PODEM SER USADAS DE FORMA BOA OU RUIM. COM AMOR, USO PALAVRAS PARA:

AGRADECER A DEUS

Apriliphoto/Shutterstock

CUMPRIMENTAR AS PESSOAS

Syda Productions/Shutterstock

PEDIR AJUDA

Jacob Lund/Shutterstock

EXPRESSAR SENTIMENTOS

Evgeny Atamanenko/Shutterstock

1 NOS BALÕES DE FALA, OBSERVE AS PALAVRAS DESTACADAS EM **VERMELHO**. CONTE AOS COLEGAS:

A) COMO VOCÊ SE SENTE AO **OUVIR** ESSAS PALAVRAS?

B) COMO VOCÊ SE SENTE AO **FALAR** ESSAS PALAVRAS?

2 EM CASA, PERGUNTE A UM FAMILIAR QUAL É A FRASE QUE ELE MAIS GOSTA DE OUVIR DE VOCÊ.

A) EM UMA FOLHA AVULSA, FAÇA UM DESENHO QUE REPRESENTE ESSA FRASE.

B) COMPARTILHE SEU DESENHO COM OS COLEGAS DA TURMA E APRECIE O DELES TAMBÉM.

POSSO FALAR COM AS PESSOAS

COM OS AMIGOS QUERO ESTAR
ESCOLHER AS PALAVRAS PARA FALAR
A TODOS, MUITO AMOR DESEJAR.

EM TODAS AS SITUAÇÕES,
PALAVRAS GENTIS EU VOU USAR
E ASSIM ME COMUNICAR.

QUANDO USAMOS AS PALAVRAS COM EDUCAÇÃO, RESPEITO E CARINHO, AS PESSOAS QUE ESTÃO PERTO DE NÓS VIVEM MAIS FELIZES.

1 OBSERVE A IMAGEM ABAIXO.

Ilustrações: DS ilustras/Arquivo da editora

A) DESCREVA A CENA.

B) CONVERSE COM OS COLEGAS: QUE PALAVRAS GENTIS OS MENINOS DA CENA PODEM FALAR UM PARA O OUTRO?

2 QUE PALAVRAS VOCÊ COSTUMA USAR PARA EXPRESSAR GRATIDÃO PELAS PESSOAS QUE CUIDAM DE VOCÊ?

3 EM CASA, AGRADEÇA A SUA FAMÍLIA POR CUIDAR DE VOCÊ.

POSSO FALAR COM DEUS

COM DEUS EU POSSO FALAR
FECHO OS OLHOS E FICO A PENSAR...
COMO É BOM AGRADECER
O MARAVILHOSO DOM DE VIVER.

DS ilustras/Arquivo da editora

1 VOCÊ ACHA QUE É IMPORTANTE FALAR COM DEUS? POR QUÊ? TROQUE IDEIAS COM OS COLEGAS.

2 JUNTE-SE A UM COLEGA E COMPARTILHE COM ELE COMO VOCÊ FAZ SUAS ORAÇÕES.

3 PINTE A IMAGEM DESTA PÁGINA DA FORMA COMO PREFERIR.

SAIBA MAIS +

BOAS PALAVRAS

HÁ MUITAS MANEIRAS DE FALAR E DEMONSTRAR SUAS CRENÇAS. HÁ TAMBÉM MUITOS LUGARES PARA MANIFESTAR O CULTO A DEUS.

VIVER OS ENSINAMENTOS RELIGIOSOS E APRENDER A FALAR PALAVRAS DE CONFORTO, AMIZADE E ESPERANÇA SÃO GESTOS DE AMOR E ORAÇÃO.

AS PALAVRAS GENTIS ESTÃO PRESENTES NAS DIVERSAS RELIGIÕES DO MUNDO. ALÉM DISSO, CONHECER E RESPEITAR OS SÍMBOLOS E OS ESPAÇOS RELIGIOSOS É UM ATO DE AMOR.

Sidney de Almeida/Shutterstock

CRISTÃOS CATÓLICOS REZANDO EM IGREJA DE OLIVEIRA, NO ESTADO DE MINAS GERAIS, EM 2019.

Marcia Minillo/Olhar Imagem

MUÇULMANOS REZANDO EM MESQUITA LOCALIZADA EM SÃO PAULO, NO ESTADO DE SÃO PAULO, EM 2016.

Keiny Andrade/Folhapress

BUDISTAS DURANTE CERIMÔNIA EM TEMPLO LOCALIZADO EM ITAPECERICA DA SERRA, NO ESTADO DE SÃO PAULO, EM 2017.

Marcia Minillo/Olhar Imagem

JUDEUS ORANDO EM SINAGOGA DE SÃO PAULO, NO ESTADO DE SÃO PAULO, EM 2015.

ATIVIDADES

1 DECIFRE O CÓDIGO E DESCUBRA PALAVRAS QUE EXPRESSAM AMOR.

A	B	C	D	E

Khusnul Faizin/Shutterstock
Gorban/Shutterstock
selivanoff1986/Shutterstock
Mochipet/Shutterstock
Spreadthesign/Shutterstock

H	I	N	O	R

ghrzuzudu/Shutterstock
asantosg/Shutterstock
yash g/Shutterstock
Larry-Rains/Shutterstock
Vector pack/Shutterstock

2 ESCOLHA UMA PALAVRA DA ATIVIDADE ANTERIOR E FORME COM ELA UMA FRASE BEM BONITA.

....

....

VOCÊ EM AÇÃO

CONVERSAR E CONVIVER

VOCÊ SABE O QUE SIGNIFICA A PALAVRA **LIBRAS**?

É A SIGLA PARA **LÍNGUA BRASILEIRA DE SINAIS**, A LÍNGUA USADA POR PESSOAS SURDAS OU MUDAS PARA SE COMUNICAREM.

OBSERVE O ALFABETO EM LIBRAS:

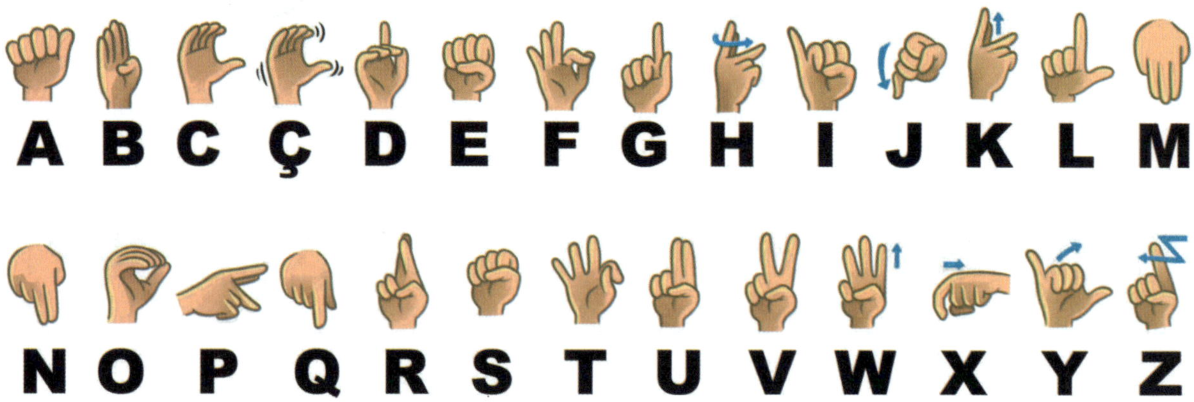

1 TENTE COMPOR SEU NOME USANDO O ALFABETO EM LIBRAS.

2 VOCÊ CONHECE ALGUÉM QUE SE COMUNICA EM LIBRAS? CONTE AOS COLEGAS.

3 DESCUBRA QUAL É A PALAVRA ABAIXO.

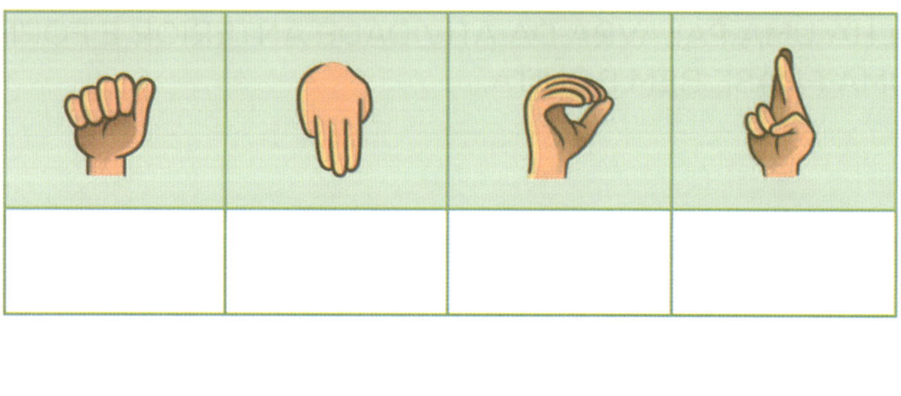

Ilustrações: DS ilustras/Arquivo da editora

6 MÃOS AMIGAS

LEVANTO MINHAS MÃOS PARA LOUVAR A DEUS.

SALMOS 63,4

COM AS MÃOS POSSO ATÉ FALAR.
FAZER CARINHOS E JOGAR BEIJOS.

paulaphoto/Shutterstock

MINHAS MÃOS
SÃO PRESENTES QUE DEUS ME DEU
PARA ACOLHER E CELEBRAR.
MÃOS AMIGAS OFERECEM PROTEÇÃO, BONDADE E PERDÃO.

ACOLHER: OFERECER AJUDA; AUXILIAR.

Robert Kneschke/Shutterstock

LightField Studios/Shutterstock

COM MINHAS MÃOS EU VOU ORAR.

VOU TAMBÉM LOUVAR E AGRADECER.

Aquarius Studio/Shutterstock

CAFUNÉ: CARINHO NA CABEÇA DE ALGUÉM OU NOS PELOS OU PENAS DE UM ANIMAL.

COM MINHAS MÃOS EU POSSO
TOCAR A PONTA DO PÉ
E ATÉ FAZER CAFUNÉ.

MÃOS AMIGAS DEVO TER,
PARA AJUDA OFERECER.

LightField Studios/Shutterstock

Veja/Shutterstock

1 OBSERVE AS FOTOS DA PÁGINA 43 E DESTA PÁGINA E RESPONDA: COMO VOCÊ UTILIZA AS MÃOS PARA FAZER O BEM?

2 VOCÊ É DESTRO OU CANHOTO? CONTE AOS COLEGAS.

ATIVIDADES

1 CONTORNE A SUA MÃO NO ESPAÇO ABAIXO. EM CADA DEDO, COPIE UMA DAS PALAVRAS QUE AS MÃOS AMIGAS OFERECEM, APRESENTADAS NO BOXE A SEGUIR.

DS ilustras/Arquivo da editora

CARINHO

AJUDA

BONDADE

PERDÃO

AMOR

2 ASSINALE COM UM **X** AS FRASES QUE MOSTRAM ATITUDES DE MÃOS AMIGAS.

A) ☐ NA ESCOLA, UMA CRIANÇA CONVIDAR O COLEGA PARA BRINCAR.

B) ☐ NA ESCOLA, UMA CRIANÇA DEIXAR O COLEGA SOZINHO.

C) ☐ NO CARRO, A MÃE AJUDAR O FILHO A COLOCAR O CINTO DE SEGURANÇA.

O TEMA É...

RESPEITO AOS IDOSOS

AS VOVÓS E OS VOVÔS
AMAM TANTO SEUS NETINHOS
E TÊM SEMPRE MUITO A ENSINAR.

ELES CUIDAM COM AMOR,
CONTAM HISTÓRIAS
E DÃO BEIJINHOS.

O MAIOR SEGREDO É CUIDAR
COM MUITO CARINHO
DOS NOSSOS VELHINHOS!

TEXTO ELABORADO PELAS AUTORAS ESPECIALMENTE PARA ESTA OBRA.

DS ilustras/Arquivo da editora

- VOCÊ CONVIVE COM SEUS AVÓS? CONTE AOS COLEGAS O QUE ELES ENSINAM A VOCÊ.

- CONTE AOS COLEGAS QUAIS ATITUDES DE RESPEITO AOS IDOSOS VOCÊ CONHECE.

AS PESSOAS COM IDADE IGUAL OU SUPERIOR A 60 ANOS SÃO CONSIDERADAS IDOSAS.

TODAS AS PESSOAS IDOSAS TÊM DIREITO A CONVIVER COM A FAMÍLIA E COM A COMUNIDADE, A PRATICAR ESPORTES E A ESTUDAR!

Divulgação/São Luís Agência de Notícias

IDOSOS FAZENDO GINÁSTICA EM SÃO LUÍS, NO ESTADO DO MARANHÃO, EM 2019.

- DESENHE NAS MOLDURAS ABAIXO AS PESSOAS IDOSAS DA SUA FAMÍLIA.

DS ilustres/Arquivo da editora

- PENSE EM UMA PESSOA IDOSA DA SUA FAMÍLIA. EM UMA FOLHA AVULSA, FAÇA UM DESENHO QUE MOSTRE QUANTO ELA É ESPECIAL PARA VOCÊ. DEPOIS, DÊ O DESENHO DE PRESENTE A ELA.

7 ERA UMA VEZ...

> NO PRINCÍPIO DEUS CRIOU O CÉU E A TERRA.
>
> **GÊNESIS** 1,1

AS HISTÓRIAS PODEM NOS DIVERTIR OU NOS ENSINAR ALGO. LEIA O TEXTO COM O PROFESSOR.

OS TRÊS PORQUINHOS,
O PATINHO FEIO,
O PINÓQUIO,
A CINDERELA.
TEM TAMBÉM A CHAPEUZINHO
E, OLHA SÓ, A BRANCA DE NEVE!

HISTÓRIAS DE HERÓIS E FADAS,
AVENTURAS E ALEGRIA.
REALIDADE E FANTASIA
ESTÃO SEMPRE DE MÃOS DADAS.

DS ilustras/Arquivo da editora

ALÉM DOS CONTOS DE FADAS,
TEMOS NOSSA HISTÓRIA.

HÁ MUITO TEMPO,
NADA HAVIA NO UNIVERSO.
ENTÃO DEUS CRIOU
UM MUNDO LINDO.

A NATUREZA,
O HOMEM, A MULHER.
TUDO LINDO
ELE CRIOU.

TEXTO ELABORADO PELAS AUTORAS ESPECIALMENTE PARA ESTA OBRA.

DS ilustras/Arquivo da editora

- VOCÊ CONHECE TODOS OS PERSONAGENS DA PÁGINA 48? DE QUAL VOCÊ MAIS GOSTA? COMPARTILHE SUA OPINIÃO COM OS COLEGAS.

AS RELIGIÕES

AO LONGO DO TEMPO, CONHECEMOS AS HISTÓRIAS DE PESSOAS IMPORTANTES PARA A HUMANIDADE.

DE GERAÇÃO EM GERAÇÃO, OS ENSINAMENTOS SOBRE AS RELIGIÕES E SEUS LÍDERES SÃO LEMBRADOS ATÉ HOJE E ESTÃO EM NOSSA MEMÓRIA.

Lukiyanova Natalia frenta/Shutterstock

ESTÁTUA DE BUDA, LÍDER ESPIRITUAL DA RELIGIÃO BUDISTA, EM UM TEMPLO NO JAPÃO, EM 2019.

Maarten Zeehandelaar/Shutterstock

ESTÁTUA DO CRISTO REDENTOR NO RIO DE JANEIRO, NO ESTADO DO RIO DE JANEIRO, EM 2017. ELA REPRESENTA JESUS CRISTO, FILHO DE DEUS, NA RELIGIÃO CRISTÃ.

Leemage/UIG/Getty Images/Biblioteca do Museu Topkapi Sarayi, Istambul, Turquia.

ILUSTRAÇÃO DO SÉCULO 18 QUE REPRESENTA MAOMÉ, PROFETA DA RELIGIÃO ISLÂMICA.

Biblioteca Digital Gallica/Biblioteca Nacional da França, Paris, França.

RETRATO DE ALLAN KARDEC, CERCA DE 1870. KARDEC É UM DOS FUNDADORES DO ESPIRITISMO.

- VOCÊ CONHECE AS RELIGIÕES CITADAS NESTA PÁGINA? CONTE AOS COLEGAS O QUE VOCÊ SABE SOBRE ELAS.

AS RELIGIÕES NOS ENSINAM A RESPEITAR E VALORIZAR AS PESSOAS.

JESUS ENSINOU QUE PRECISAMOS AMAR AS PESSOAS.

Liderina/Shutterstock

BUDA DISSE QUE DEVEMOS FICAR FELIZES QUANDO OUTRA PESSOA ESTÁ FELIZ.

Janon Stock/Shutterstock

PARA OS ESPÍRITAS, É MUITO IMPORTANTE AJUDAR O PRÓXIMO.

FamVeld/Shutterstock

ATIVIDADES

1 LEIA A HISTÓRIA ABAIXO, QUE CONTA A SEMANA DE ANDRÉ.

ANDRÉ É UM BOM MENINO,
SEMPRE RESPEITA OS MAIS VELHOS.

ALIMENTA O GATINHO,
TRATA AS PESSOAS COM CARINHO.

TODOS OS DIAS, OBEDECE AOS PAIS
E BRINCA COM O IRMÃOZINHO.

AOS DOMINGOS, VAI À IGREJA,
A TODOS, A PAZ DESEJA.

PELA MANHÃ,
A DEUS AGRADECE
E UM LINDO DIA ACONTECE.

TEXTO ELABORADO PELAS AUTORAS
ESPECIALMENTE PARA ESTA OBRA.

2 ESCOLHA UMA FRASE DA HISTÓRIA E, NO ESPAÇO ACIMA, FAÇA UM DESENHO QUE REPRESENTE ESSA FRASE.

3 COMO SERIA A HISTÓRIA DA SUA SEMANA? CONTE PARA OS COLEGAS.

4 LIGUE O NOME DOS PERSONAGENS IMPORTANTES À RELIGIÃO.

BUDA	ESPIRITISMO
JESUS CRISTO	ISLAMISMO
MAOMÉ	CRISTIANISMO
ALLAN KARDEC	BUDISMO

5 ENCONTRE NO DIAGRAMA ABAIXO O NOME DO FILHO DE DEUS PARA O CRISTIANISMO.

B	B	H	H	W	B	Ê	U	Q	Ú	À	L	X	Ô	Ô	B
H	U	Õ	Ç	J	I	C	R	I	S	R	D	A	Ô	Õ	É
U	Í	É	Á	Ç	N	G	À	Q	A	É	Í	Z	G	C	É
Ò	A	T	Ô	É	R	J	Ã	L	S	E	S	O	Ã	U	I
D	M	A	K	X	J	E	S	U	S	A	R	Ô	S	D	Ú
É	U	Ã	S	Q	F	O	Ã	A	R	B	A	R	É	V	Ú
L	I	N	Z	D	O	T	À	O	H	Â	I	S	Y	W	Q
K	B	R	B	C	V	I	S	D	O	R	E	Õ	D	Á	Ô
Z	J	Ê	Z	Ç	Â	Q	D	É	Í	U	E	R	O	P	Ò

6 PINTE A PALAVRA QUE REPRESENTA UM BOM SENTIMENTO QUE DEVEMOS TER PELAS PESSOAS.

RESPEITO

7 FAÇA UM **X** NAS FOTOS QUE REPRESENTAM RESPEITO PELAS PESSOAS.

Motortion Films/Shutterstock

Maria Evseyeva/Shutterstock

Rido/Shutterstock

VP Photo Studio/Shutterstock

Africa Studio/Shutterstock

Tatyana Dzemileva/Shutterstock

VOCÊ EM AÇÃO

A CRENÇA DE CADA UM

1 PERGUNTE A UM COLEGA:

A) QUAL É A RELIGIÃO QUE VOCÊ E SUA FAMÍLIA PRATICAM?

B) O QUE VOCÊ APRENDE COM SUA FAMÍLIA SOBRE RELIGIÃO?

2 ESCREVA ABAIXO O NOME DO COLEGA E DESENHE O QUE MAIS GOSTOU NA CONVERSA DA ATIVIDADE 1.

....

....

8 AMIZADE

QUE O AMOR FRATERNO NOS UNA.

CARTA AOS ROMANOS 12,10

A AMIZADE É ALGO MUITO IMPORTANTE PARA VIVERMOS MAIS FELIZES. LEIA O POEMA COM O PROFESSOR.

CASA DE AMIGO

NA CASA DO AMIGO
OS MÓVEIS FLUTUAM
A UM PALMO DO CHÃO.

O AR É MAIS LEVE:
EM CADA RECANTO
OS PÁSSAROS TECEM.

NA CASA DO AMIGO
TODAS AS CONFIDÊNCIAS
SÃO PERMITIDAS.

TODAS AS PALAVRAS
SÃO ENTENDIDAS
[...]

NA CASA DO AMIGO
O CORAÇÃO SE ALIMENTA.

DS ilustras/Arquivo da editora

CASAS, DE ROSEANA MURRAY. BELO HORIZONTE: FORMATO, 2004.

QUEM É?

Juliana Mello/Acervo da escritora

ROSEANA MURRAY É POETISA E ESCRITORA DE LIVROS PARA CRIANÇAS E ADOLESCENTES. ELA NASCEU NO RIO DE JANEIRO EM 1950 E JÁ RECEBEU PRÊMIOS EM HOMENAGEM A SEUS TRABALHOS.

SER AMIGO

OS AMIGOS CONSOLAM.

MNStudio/Shutterstock

OS AMIGOS APRENDEM JUNTOS.

Africa Studio/Shutterstock

OS AMIGOS SE DIVERTEM JUNTOS.

Sergey Novikov/Shutterstock

OS AMIGOS QUEREM ESTAR POR PERTO.

kali9/E+/Getty Images

TODOS OS DIAS APRENDEMOS COMO É BOM CRESCER NO TAMANHO E NA AMIZADE!

1 PARA VOCÊ, O QUE SIGNIFICA SER AMIGO?

2 QUANDO E ONDE VOCÊ COSTUMA ENCONTRAR SEUS AMIGOS?

3 O QUE VOCÊS FAZEM JUNTOS?

4 COMO VOCÊ SE SENTE QUANDO ESTÁ LONGE DE UM AMIGO? POR QUÊ?

5 FAÇA A ATIVIDADE *PINTANDO A AMIZADE* DA **PÁGINA 7** DO CADERNO DE **CRIATIVIDADE E ALEGRIA**.

ATIVIDADES

1 COPIE NA LINHA ABAIXO AS LETRAS DESTACADAS EM VERDE NO DESENHO E DESCUBRA UM PRESENTE DE DEUS.

DS ilustras/Arquivo da editora

CADA .... É UM PRESENTE DE DEUS PARA VIVERMOS MAIS FELIZES.

2 AGORA, ESCREVA O NOME DE UMA AMIGA OU DE UM AMIGO.

....

....

....

- AGORA, CONTE PARA A TURMA ONDE VOCÊ CONHECEU ESSA AMIGA OU ESSE AMIGO E O QUE GOSTAM DE FAZER JUNTOS.

3 EM SEU CORAÇÃO CABEM MUITOS AMIGOS? CONTE PARA OS COLEGAS.

4 OBSERVE AS CENAS. ESCREVA EM CADA UMA DELAS A PALAVRA DO QUADRO QUE MELHOR COMPLETA A FRASE.

UM AMIGO DE VERDADE SEMPRE...

AGRADECE	**COLABORA**	**REPARTE**

Ridkous Mykhailo/Shutterstock

....

....

NotionPic/Shutterstock

....

....

Iconic Bestiary/Shutterstock

....

....

5 FAÇA A ATIVIDADE *DADO DAS ATITUDES* DA **PÁGINA 9** DO **CADERNO DE CRIATIVIDADE E ALEGRIA**.

O TEMA É...

PASSEANDO COM OS AMIGOS NA CIDADE

É PRECISO MUITA ATENÇÃO AO ANDAR PELA CIDADE. OBEDECER ÀS LEIS DE TRÂNSITO EVITA ACIDENTES.

1 LIGUE CADA FRASE À IMAGEM CORRESPONDENTE.

ATRAVESSAR NA FAIXA DE PEDESTRES.

OLHAR PARA OS DOIS LADOS ANTES DE ATRAVESSAR A RUA.

USAR O CINTO DE SEGURANÇA.

2 PINTE CADA CÍRCULO DO SEMÁFORO COM A COR INDICADA.

Ilustrações: DS ilustras/Arquivo da editora

Ilustrações: DS ilustras/Arquivo da editora

UNIDADE 3

NOSSO MUNDO

ENTRE NESTA RODA

- VOCÊ JÁ IMAGINOU COMO SERIA SUA VIDA SEM A LUZ DO DIA?
- E SEM ÁGUA, COMO VOCÊ FARIA PARA VIVER?
- COMO AS PESSOAS DA CENA PODEM CUIDAR BEM DA PRAIA?

NESTA UNIDADE VAMOS ESTUDAR...

- A CRIAÇÃO DO MUNDO
- O CUIDADO COM O PLANETA

Paula Kran/Arquivo da editora

9 ESPALHANDO LUZ

> DOCE É A LUZ; É UMA ALEGRIA PARA OS OLHOS VER O SOL.
>
> **ECLESIASTES** 11,7

A LUZ NOS AJUDA A VIVER COM MAIS CONFORTO E SEGURANÇA. ALÉM DISSO, ELA PODE NOS ENCANTAR DE DIVERSAS FORMAS, COMO COM UM ARCO-ÍRIS. COM O PROFESSOR, LEIA O TEXTO A SEGUIR.

DS ilustras/Arquivo da editora

O ARCO-ÍRIS

QUANDO A CHUVA PARA
E O SOL APARECE,
VEJA SÓ O QUE
ACONTECE:
DEUS PEGA UM PINCEL
E PINTA SETE CORES
NO CÉU!

POEMINHAS FENOMENAIS, DE ALEXANDRE AZEVEDO. SÃO PAULO: ATUAL, 2005.

QUEM É?

Reprodução/Acervo do escritor

ALEXANDRE AZEVEDO NASCEU EM BELO HORIZONTE, NO ESTADO DE MINAS GERAIS, EM 1965. ELE É AUTOR DE LIVROS INFANTIS.

DEUS CRIOU O CÉU E A TERRA

NO PRINCÍPIO, DEUS CRIOU O CÉU E A TERRA.

A TERRA ESTAVA DESERTA E VAZIA.

UM VENTO SOPRAVA SOBRE AS ÁGUAS.

DEUS DISSE: "QUE HAJA A LUZ!".

E A LUZ PASSOU A EXISTIR.

Ilustrações: DS Ilustras/Arquivo da editora

DEUS SEPAROU A LUZ DAS TREVAS

E CHAMOU A LUZ DE "DIA"

E AS TREVAS CHAMOU DE "NOITE".

- VOCÊ ACHA IMPORTANTE EXISTIR O DIA E A NOITE? POR QUÊ? CONTE AOS COLEGAS.

ATIVIDADES

1 MARQUE AS CENAS QUE MOSTRAM FORMAS DE APROVEITAR A LUZ DO SOL.

A)

Lopolo/Shutterstock

C)

AlinaMD/Shutterstock

B)

Africa Studio/Shutterstock

D)

Pixel-Shot/Shutterstock

2 CONTORNE OS ELEMENTOS CRIADOS POR DEUS.

KPaulina/Shutterstock

PINCEL

Pixabay/<pixabay.com>

SOL

Pixabay/<pixabay.com>

CHUVA

Olga Frichevtseva/Shutterstock

BONECA

Pixabay/<pixabay.com>

GIRASSOL

Pixabay/<pixabay.com>

LUA

Pixabay/<pixabay.com>

BOLA

Pixabay/<pixabay.com>

BALEIA

Pixabay/<pixabay.com>

SER HUMANO

Pixabay/<pixabay.com>

ÁRVORE

3 DESENHE NOS ESPAÇOS ABAIXO:

A) UMA ATIVIDADE QUE VOCÊ REALIZA DURANTE O DIA.

Ilustrações: DS ilustras/Arquivo da editora

B) O QUE VOCÊ COSTUMA FAZER DURANTE A NOITE.

4 MOSTRE OS DESENHOS QUE VOCÊ FEZ NA ATIVIDADE 3 PARA UM COLEGA E VEJA OS DESENHOS DELE.

- O QUE VOCÊS FAZEM DE DIFERENTE DURANTE O DIA? E À NOITE?

SAIBA MAIS +

LUZ

A LUZ É MUITO IMPORTANTE PARA O SER HUMANO. ELA ILUMINA OS AMBIENTES E NOS AQUECE.

OBSERVE COMO A LUZ ESTÁ PRESENTE EM NOSSO DIA A DIA:

- NA ILUMINAÇÃO DAS CIDADES

Rafael S. de Sousa/Shutterstock

VISTA DA AVENIDA PAULISTA, EM SÃO PAULO, NO ESTADO DE SÃO PAULO, EM 2018.

- NAS VELAS EM IGREJAS E TEMPLOS

Tomsickova Tatyana/Shutterstock

MENINO REZANDO E ACENDENDO VELAS EM IGREJA ORTODOXA EM TROYES, NA FRANÇA, EM 2018.

sduraku/Shutterstock

MÃE E FILHO ACENDEM LAMPARINAS DURANTE RITUAL SAGRADO EM CAVERNAS BATU PRÓXIMO A KUALA LUMPUR, NA MALÁSIA, EM 2018.

- NAS FOGUEIRAS PARA SE AQUECER

Ernesto Reghran/Pulsar Imagens

FOGUEIRA QUEIMANDO DURANTE FESTA JUNINA EM LONDRINA, NO ESTADO DO PARANÁ, EM 2017.

- DENTRO DE NÓS

Rawpixel.com/Shutterstock

QUANDO RESPEITAMOS A CRIAÇÃO DE DEUS E RESPEITAMOS O PRÓXIMO, SOMOS LUZ NO MUNDO.

VOCÊ EM AÇÃO

CUIDANDO DA NATUREZA

FUI CRIADO POR DEUS.
POR ISSO, POSSO APRENDER
A CUIDAR DESTE MUNDO
E A CRIAÇÃO PROTEGER!

TEXTO ELABORADO PELAS AUTORAS
ESPECIALMENTE PARA ESTA OBRA.

1 CONTORNE SOMENTE AS CENAS QUE RETRATAM A NATUREZA PROTEGIDA PELO SER HUMANO.

Ilustrações: DS ilustras/Arquivo da editora

2 NA MOLDURA ACIMA, DESENHE UMA CENA DE PROTEÇÃO À NATUREZA.

3 EM CASA, PERGUNTE AOS SEUS FAMILIARES DE QUE FORMA VOCÊ PODE PROTEGER A NATUREZA NO SEU DIA A DIA.

- EM DATA COMBINADA COM O PROFESSOR, COMPARTILHE COM OS COLEGAS O QUE CONVERSOU COM SUA FAMÍLIA.

10 A ÁGUA

DERRAMAREI ÁGUA NA TERRA SEDENTA.

ISAÍAS 44,3

A ÁGUA É O ELEMENTO MAIS ABUNDANTE EM NOSSO PLANETA. COM O PROFESSOR, LEIA O TEXTO ABAIXO.

HÁ DIAS EM QUE CAIO DA NUVEM
E ME CHAMAM DE CHUVA.
QUANDO SALGADA,
MORADA DE PEIXES,
TODOS ME CHAMAM DE MAR.

ÀS VEZES FICO DOCE,
E SOU CHAMADA DE RIO.
ÀS VEZES SUBO COM O AR,
E ME PONHO A EVAPORAR.

MATO A SUA SEDE,
BANHO O SEU CORPO,
LIMPO A SUA CIDADE,
REFRESCO O SEU DIA.

SÓ PEÇO RESPEITO.
PRECISO DE ATENÇÃO.
NÃO QUERO POLUIÇÃO
EU TAMBÉM TENHO DIREITOS.

SOU A ÁGUA.
NECESSITO DE PROTEÇÃO.
PRA PODER LEVAR SAÚDE
A TODA A POPULAÇÃO.

DS ilustras/Arquivo da editora

TEXTO ELABORADO PELAS AUTORAS ESPECIALMENTE PARA ESTA OBRA.

DEUS CRIOU A ÁGUA

DEUS DISSE: "QUE AS ÁGUAS QUE ESTÃO DEBAIXO DO CÉU SE AJUNTEM NUM SÓ LUGAR".

E, AO CONJUNTO DE ÁGUAS, DEUS CHAMOU DE MAR.

DS ilustres/Arquivo da editora

1 VOCÊ JÁ VIU O MAR? COMPARTILHE ESSA EXPERIÊNCIA COM OS COLEGAS.

2 DE QUE FORMA VOCÊ PODE PROTEGER O MAR?

ATIVIDADES

1 IDENTIFIQUE OS LUGARES QUE CONTÊM ÁGUA.

MAR	CACHOEIRA	RIO

Paulo Vilela/Shutterstock

BARRA DO CAHY, EM PRADO, NA BAHIA, EM 2018.

Sergio Ranalli/Pulsar Imagens

CUIABÁ, NO ESTADO DE MATO GROSSO, EM 2019.

Karina ka fotos/Shutterstock

CANELA, NO ESTADO DO RIO GRANDE DO SUL. FOTO DE 2019.

....

2 USAMOS ÁGUA O TEMPO TODO PARA:

BEBER	LAVAR	COZINHAR

- ENCONTRE ESSAS PALAVRAS NO DIAGRAMA.

B	D	M	R	T	L	E	Y	Z	W	M
E	I	C	M	H	A	J	G	T	Q	B
B	S	O	X	N	V	U	L	M	U	F
E	J	Y	N	W	A	S	R	X	A	P
R	D	E	K	Q	R	D	F	H	T	X
G	E	C	O	Z	I	N	H	A	R	N

3 PINTE AS PARTES DA CENA COM AS CORES INDICADAS E DESCUBRA ALGUNS ANIMAIS QUE VIVEM NO MAR.

DS ilustras/Arquivo da editora

□ PINTE DE ROXO. △ PINTE DE AMARELO. ☆ PINTE DE VERDE. ◇ PINTE DE COR-DE-ROSA.

- QUAIS ANIMAIS VOCÊ DESCOBRIU NA CENA ACIMA?

....

....

O TEMA É...

PRESERVANDO A ÁGUA

iconogenic/Shutterstock

OLÁ, MEU NOME É BRENO. VOCÊ PODE ME AJUDAR A NÃO DESPERDIÇAR ÁGUA?

1 ESTOU NO BANHO. EU DEVO:

A) ☐ FECHAR A TORNEIRA ENQUANTO ME ENSABOO.

B) ☐ VERIFICAR SE FECHEI BEM A TORNEIRA AO TERMINAR O BANHO.

C) ☐ TOMAR UM BANHO BEM DEMORADO.

D) ☐ ESCOVAR OS DENTES NO BANHO COM O CHUVEIRO LIGADO.

2 VOU AJUDAR MINHA MÃE A ORGANIZAR A CASA. NÓS DEVEMOS:

A) ☐ REAPROVEITAR A ÁGUA DA MÁQUINA DE LAVAR ROUPA PARA LIMPAR O QUINTAL.

B) ☐ LAVAR A CALÇADA COM MANGUEIRA.

C) ☐ LIMPAR A CALÇADA COM VASSOURA.

D) ☐ JUNTAR ROUPAS PARA LAVAR TODAS NA MÁQUINA DE UMA VEZ.

3 NO BANHEIRO EU DEVO:

A) ☐ PRESSIONAR A DESCARGA POR MAIS DE 10 SEGUNDOS.

B) ☐ PRESSIONAR A DESCARGA POR 3 SEGUNDOS.

11 AS SEMENTES

PLANTE DE MANHÃ A SUA SEMENTE.

ECLESIASTES 11,6

O MUNDO É NOSSA CASA. ELE TEM MUITAS BELEZAS E NOS FORNECE ABRIGO E SUSTENTO, POR ISSO PRECISAMOS SEMPRE PROTEGÊ-LO.

LEIA O TEXTO ABAIXO COM O PROFESSOR.

O MONTE FUJI
FICA NO JAPÃO.
PARECE UMA MONTANHA
MAS É UM VULCÃO.

MONTE FUJI, NO JAPÃO, EM 2019.

LINDAS PRAIAS ESTÃO
NAS ILHAS DO HAVAÍ.
OS SURFISTAS ADMIRAM
A BELEZA QUE HÁ ALI.

PRAIA EM OAHU, NO HAVAÍ, EM 2017.

FERNANDO DE NORONHA
FAZ PARTE DO BRASIL.
LÁ TEM MAR E MUITO VERDE
E UM POVO BEM GENTIL.

FERNANDO DE NORONHA, NO ESTADO DE PERNAMBUCO, EM 2019.

TEXTO ELABORADO PELAS AUTORAS ESPECIALMENTE PARA ESTA OBRA.

1. VOCÊ JÁ OUVIU FALAR NOS LOCAIS CITADOS NO TEXTO? COMPARTILHE COM OS COLEGAS.

2. ENCONTRE NO FINAL DO LIVRO OS ADESIVOS RELACIONADOS AO POEMA. DEPOIS, COLE CADA UM AO LADO DA ESTROFE CORRESPONDENTE.

DEUS CRIOU A VEGETAÇÃO

DEUS DISSE: "QUE A TERRA PRODUZA RELVA E ÁRVORES QUE DEEM FRUTOS SOBRE A TERRA.

QUE OS FRUTOS CONTENHAM SEMENTE, CADA UMA SEGUNDO SUA ESPÉCIE".

1 OBSERVE A CENA ABAIXO E DESENHE NA MOLDURA UMA ÁRVORE FRUTÍFERA.

DS ilustras/Arquivo da editora

2 MOSTRE SEU DESENHO AOS COLEGAS E DIGA O NOME DA ÁRVORE QUE VOCÊ DESENHOU. OBSERVE O DESENHO E OUÇA O NOME DAS ÁRVORES DELES.

SAIBA MAIS +

NATUREZA QUE INSPIRA

MUITOS ARTISTAS SE INSPIRAM NA NATUREZA PARA PINTAR SEUS QUADROS.

ELES RETRATAM CENAS DA NATUREZA, COMO MONTANHAS, PRAIAS, RIOS, FLORESTAS E OUTRAS PAISAGENS NATURAIS.

VEJA ALGUNS EXEMPLOS.

CAMPO DE TRIGO COM CIPRESTES, ÓLEO SOBRE TELA DE VINCENT VAN GOGH, 1889.

POMAR COM ROSAS, ÓLEO SOBRE TELA DE GUSTAV KLIMT, SÉCULO 19.

RIO NA FLORESTA BRASILEIRA, PARÁ, ÓLEO SOBRE TELA DE GIUSEPPE LEONE RIGHINI, 1872.

COSTA TROPICAL, ÓLEO SOBRE TELA DE ALBERT BIERSTADT, SÉCULO 19.

CIPRESTE: ÁRVORE MUITO COMUM EM PAÍSES COMO GRÉCIA, NA EUROPA, E LÍBANO, NO ORIENTE MÉDIO.

ATIVIDADES

1 AGORA É A SUA VEZ DE SER UM ARTISTA! DESENHE NO ESPAÇO ABAIXO UMA PAISAGEM NATURAL. DEPOIS, MOSTRE SEU DESENHO AOS COLEGAS.

2 ORGANIZE AS PALAVRAS DE CADA QUADRO E COMPLETE AS FRASES SOBRE A CRIAÇÃO DE DEUS.

NATUREZA CRIOU A

A) DEUS ....

COM AMOR.

CRIAÇÃO É A RESPEITAR

B) PRESERVAR A NATUREZA ....

....

3 MONTE O *QUEBRA-CABEÇA DA PRESERVAÇÃO* DA **PÁGINA 11** DO **CADERNO DE CRIATIVIDADE E ALEGRIA**.

VOCÊ EM AÇÃO

CAMPANHA DE CONSCIENTIZAÇÃO

OBSERVE OS CARTAZES QUE AS CRIANÇAS FIZERAM.

ziggy_mars/Shutterstock

LEONARDO

Be Good/Shutterstock

OLÍVIA

Anton Albert/Shutterstock

VÍTOR

Ilustrações: DS ilustras/Arquivo da editora

ANIMAIS SILVESTRES SÃO AQUELES QUE VIVEM EM AMBIENTE NATURAL, COMO FLORESTAS, SELVAS, RIOS E MARES. MUITOS ANIMAIS SILVESTRES DO BRASIL ESTÃO AMEAÇADOS DE EXTINÇÃO, POR EXEMPLO, O BOTO-COR-DE-ROSA, O MICO-LEÃO-DOURADO, A ARARA-AZUL-DE-LEAR E O LOBO-GUARÁ.

GTW/imageBROKER/Getty Images

BOTO-COR-DE-ROSA AVISTADO NO RIO NEGRO, EM MANAUS, NO ESTADO DO AMAZONAS.

AGORA É SUA VEZ!

VAMOS FAZER UMA CAMPANHA EM FAVOR DA NATUREZA?

1 ESCOLHA UMA DAS FRASES ABAIXO E CRIE UM CARTAZ PARA PROMOVER A CONSCIÊNCIA AMBIENTAL NA ESCOLA.

A TERRA É NOSSA CASA. CUIDE BEM DELA.
VAMOS SEMEAR ÁRVORES E AMOR PELA NATUREZA.
NÃO JOGUE LIXO NAS PRAIAS.
SEPARE O LIXO RECICLÁVEL.
TRATE OS ANIMAIS COM RESPEITO.
NÃO DESPERDICE ÁGUA.

2 EM UMA FOLHA AVULSA, CRIE UMA FRASE E UM DESENHO SOBRE PROTEÇÃO À NATUREZA.

A) EM CASA, MOSTRE A FRASE E O DESENHO QUE VOCÊ CRIOU PARA UM FAMILIAR. DEPOIS, PERGUNTE A ELE QUE ATITUDES REVELAM CUIDADO COM A NATUREZA.

B) EM DATA COMBINADA COM O PROFESSOR, COMPARTILHE COM OS COLEGAS A CONVERSA QUE VOCÊ TEVE EM CASA E O QUE APRENDEU DE NOVO.

12 OS ANIMAIS

O JUSTO CUIDA BEM DOS SEUS ANIMAIS.

PROVÉRBIOS 12,10

A ARARA-AZUL-DE-LEAR É UMA AVE AMEAÇADA DE EXTINÇÃO, O QUE SIGNIFICA QUE ELA CORRE O RISCO DE DESAPARECER DA NATUREZA.

ISSO ACONTECE PORQUE ELA FOI CAÇADA PELO SER HUMANO E TAMBÉM PORQUE AS MATAS ONDE VIVE FORAM DESTRUÍDAS.

PROTEGER A NATUREZA É UMA ATITUDE DE RESPEITO À VIDA.

LEIA O TEXTO A SEGUIR COM O PROFESSOR.

MUITOS ADMIRAM
DA ARARA-AZUL-DE-LEAR A BELEZA.
ELA VIVIA FELIZ
NAS MATAS, NA NATUREZA.

NA BAHIA, ELA VOAVA,
MAS NÃO CONSEGUIU FUGIR
DO MAL QUE POR ALI RONDAVA.

DS ilustras/Arquivo da editora

SOMOS RESPONSÁVEIS
PELA VIDA DOS ANIMAIS.
PROTEJA-OS COM O CORAÇÃO
E DIGA NÃO À EXTINÇÃO.

VIVA A ARARA-AZUL-DE-LEAR!
UMA AVE DE GRANDE BELEZA
A CRIAÇÃO DE DEUS,
VAMOS TRATAR COM DELICADEZA.

TEXTO ELABORADO PELAS AUTORAS ESPECIALMENTE PARA ESTA OBRA.

- VOCÊ JÁ OUVIU FALAR NA ARARA-AZUL-DE-LEAR? CONTE AOS COLEGAS O QUE VOCÊ SABE SOBRE ESSA AVE.

DEUS CRIOU OS ANIMAIS

DEUS CRIOU AS AVES E OS ANIMAIS MARINHOS.

TAMBÉM PASSARAM A EXISTIR ANIMAIS SELVAGENS GRANDES E PEQUENOS.

DEUS CRIOU, ENTÃO, O HOMEM E A MULHER.

Ilustrações: DS ilustras/Arquivo da editora

TODOS OS SERES VIVIAM EM HARMONIA EM UM LINDO JARDIM CHAMADO ÉDEN.

DEUS QUERIA COMPARTILHAR O SEU AMOR COM OS SERES HUMANOS E COM A NATUREZA.

O SER HUMANO PROTEGE OS ANIMAIS

COM O TEMPO, NASCEU UMA GRANDE AMIZADE ENTRE O SER HUMANO E OS ANIMAIS.

Martin Valigursky/Shutterstock

Svyatoslav Balan/Shutterstock

Santhosh Varghese/Shutterstock

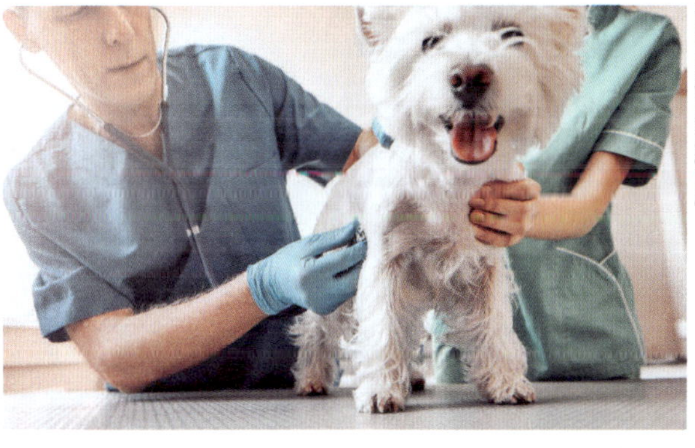
Dima Sidelnikov/Shutterstock

KK Tan/Shutterstock

1 CONVERSE COM OS COLEGAS SOBRE AS IMAGENS DESTA PÁGINA.

A) DESCREVA O QUE ESTÁ ACONTECENDO EM CADA IMAGEM.

B) DE QUE FORMA AS PESSOAS ESTÃO CUIDANDO DOS ANIMAIS?

2 VOCÊ OU ALGUM FAMILIAR JÁ CUIDARAM OU CUIDAM DE ALGUM ANIMAL? DE QUE FORMA VOCÊS FAZEM ISSO?

SAIBA MAIS

BOA COMPANHIA

OS ANIMAIS FAZEM COMPANHIA PARA O SER HUMANO.

ALGUNS ANIMAIS AJUDAM AS PESSOAS. POR EXEMPLO, UM CÃO DÓCIL PODE RECEBER TREINAMENTO PARA SER CÃO-GUIA DE UMA PESSOA COM DEFICIÊNCIA VISUAL.

Joa Souza/Shutterstock

RAPAZ ACOMPANHADO DE CÃO-GUIA A CAMINHO DO TRABALHO EM SALVADOR, NO ESTADO DA BAHIA, EM 2019.

MUITAS PESSOAS TAMBÉM AJUDAM OS ANIMAIS.

NO BRASIL E EM VÁRIOS OUTROS PAÍSES, HÁ PESSOAS QUE SE DEDICAM A CUIDAR DE ANIMAIS ABANDONADOS E ARRANJAR UM LAR PARA ELES.

©maly Darcia/Shutterstock

VOLUNTÁRIA ALIMENTA CÃES EM ABRIGO PARA ANIMAIS ABANDONADOS EM GUADALAJARA, NO MÉXICO, EM 2019.

CONHEÇA ALGUNS DIREITOS DOS ANIMAIS RECONHECIDOS NO MUNDO TODO:

- O SER HUMANO DEVE PROTEGER OS ANIMAIS E CUIDAR DELES.
- OS ANIMAIS NÃO DEVEM SER ABANDONADOS.
- OS ANIMAIS SILVESTRES TÊM O DIREITO DE VIVER LIVRES NO SEU AMBIENTE NATURAL.

ATIVIDADES

1 LIGUE AS IMAGENS CORRESPONDENTES E QUE REPRESENTAM AS NOSSAS BOAS AÇÕES PARA PROTEGER A CRIAÇÃO DE DEUS.

Csanad Kiss/Shutterstock

Sérgio Dotta Jr./Arquivo da editora

Darknesss/Shutterstock

Grigvovan/Shutterstock

studiovin/Shutterstock

24Novembers/Shutterstock

F8 studio/Shutterstock

lovelyday12/Shutterstock

2 DESENHE O SEU ANIMAL PREFERIDO.

- MOSTRE O SEU DESENHO AOS COLEGAS E CONTE A ELES POR QUE ESSE É SEU ANIMAL PREDILETO.

O TEMA É...

RESPEITO À NATUREZA

JOGUE COM OS COLEGAS E COM A FAMÍLIA E APRENDA FORMAS DE RESPEITAR A NATUREZA.

NÚMERO DE PARTICIPANTES: 4

1: Pixabay/<pixabay.com>; 2 Maquiladora/Shutterstock; 3: Pixabay/<pixabay.com>; 4: NaDo_Krasivo/Shutterstock; 5: akberge/Shutterstock; 6: HappyPictures/Shutterstock; 7: Pixabay/<pixabay.com>; 8: Aleksandra Nestr/Shutterstock; 9: Pixabay/<pixabay.com>; 10: Aleksandra Nadeina/Shutterstock; 11: Hennadii H/Shutterstock; 12: imaginesia/Shutterstock; 13: Mysterion_Design/Shutterstock; 14: Maria Averburg/Shutterstock; 15: Celana/Shutterstock;

Plano de fundo: ActiveLines/Shutterstock

MATERIAL NECESSÁRIO: UM DADO E QUATRO GRÃOS DE FEIJÃO

MODO DE JOGAR:

- O JOGADOR QUE TIRAR O MAIOR NÚMERO NO DADO INICIA O JOGO;
- A CADA RODADA, UM JOGADOR USA SEU GRÃO DE FEIJÃO PARA ANDAR O NÚMERO DE CASAS INDICADO PELO DADO;
- O PRIMEIRO JOGADOR QUE CHEGAR À ÚLTIMA CASA DO TABULEIRO É O VENCEDOR.

Banco de imagens/Arquivo da editora

16: Pixabay/<pixabay.com>; 17: Varlamova Lydmila/Shutterstock; 18: Pixabay/<pixabay.com>; 19: Pixabay/<pixabay.com>; 20: Pixabay/<pixabay.com>; 21: Michael Vigliotti/Shutterstock; 22: Vladislav Kudoyarov/Shutterstock; 23: Danilo Sanino/Shutterstock; 24: SaveJungle/Shutterstock; 25: Rameshwar singh/Shutterstock; 26: Elena Kazanskaya/Shutterstock; 27: Vas_man/Shutterstock; 28: Borysenko Igor/Shutterstock; 29: Spreadthesign/Shutterstock; 30: Teguh Mujiono/Shutterstock

UNIDADE 4

BRINCAR E APRENDER

Paula Kranz/Arquivo da editora

ENTRE NESTA RODA

- DO QUE VOCÊ MAIS GOSTA DE BRINCAR EM UM PARQUE?
- DE QUE FORMA VOCÊ PRATICA O BEM NO DIA A DIA?
- VOCÊ SABE O QUE SIGNIFICA O NATAL?

NESTA UNIDADE VAMOS ESTUDAR...

- NOSSOS TALENTOS
- NOSSAS ESCOLHAS
- O ANIVERSÁRIO DE JESUS

13 OS TALENTOS

DEUS CONCEDE A SABEDORIA AO SER HUMANO.

PROVÉRBIOS 2,6

TODAS AS PESSOAS TÊM TALENTOS. TEM GENTE QUE SABE FAZER LINDOS DESENHOS, TEM GENTE QUE SABE CONSTRUIR EDIFÍCIOS...

LEIA O TEXTO A SEGUIR COM O PROFESSOR.

MEU AVÔ É CONFEITEIRO.
FAZ BOLOS, FAZ DOCINHOS,
MELHOR COZINHEIRO
NÃO TEM, NÃO.

DS ilustras/Arquivo da editora

A VOVÓ EVA É ENGENHEIRA.
CONSTRÓI CASAS DE MADEIRA.
FAZ COM CARINHO E ATENÇÃO
TUDO EM QUE COLOCA A MÃO.

CADA PESSOA TEM O SEU TALENTO,
UM TIPO ESPECIAL DE CONHECIMENTO.
EU SEI QUE VOCÊ VAI DESCOBRIR
QUAL É O SEU, COM O PASSAR DO TEMPO.

TEXTO ELABORADO PELAS AUTORAS ESPECIALMENTE PARA ESTA OBRA.

- AGORA, CONVERSE COM OS COLEGAS SOBRE QUAIS SÃO OS TALENTOS DOS PERSONAGENS DO TEXTO.

O TALENTO DE CADA UM

LEIA, ABAIXO, A RESENHA DO LIVRO **A PEQUENA TARTARUGA VERDE**.

O LIVRO CONTA A HISTÓRIA DA PEQUENA TARTARUGA VERDE QUE, ENQUANTO OBSERVAVA OS AMIGOS, SENTIA-SE TRISTE, POIS PENSAVA QUE NÃO ERA ESPECIAL COMO ELES.

ELA NÃO ERA CORAJOSA COMO O LEÃO, NEM ALTA COMO A GIRAFA, NEM VELOZ COMO A ZEBRA...

PORÉM, UM DIA, CAIU UMA TEMPESTADE E TODOS OS ANIMAIS SAÍRAM CORRENDO PARA SE ABRIGAREM, EXCETO A TARTARUGA, QUE, RAPIDAMENTE, SE ESCONDEU NO PRÓPRIO CASCO.

A PEQUENA TARTARUGA VERDE, ILUSTRADO POR ADAM RELF. BRINQUE-BOOK.

ASSIM COMO A TARTARUGA, CADA PESSOA TEM UM TALENTO. NINGUÉM É EXATAMENTE IGUAL A OUTRA PESSOA. MESMO IRMÃOS GÊMEOS PODEM TER CARACTERÍSTICAS E TALENTOS DIFERENTES.

1 QUAL É O TALENTO DA PEQUENA TARTARUGA RETRATADA NO TEXTO?

....

....

2 O QUE VOCÊ FARIA SE ENCONTRASSE ALGUÉM TRISTE POR SER DIFERENTE DAS OUTRAS PESSOAS, COMO A TARTARUGA DA HISTÓRIA?

3 VOCÊ TEM TALENTOS? CONTE AOS COLEGAS.

4 FAÇA A ATIVIDADE *MÓBILE DOS TALENTOS* DAS **PÁGINAS 13** A **16** DO **CADERNO DE CRIATIVIDADE E ALEGRIA**.

SOMOS FELIZES QUANDO USAMOS NOSSOS TALENTOS PARA AJUDAR AS PESSOAS.

A MÉDICA ELISA CUIDA DAS CRIANÇAS COM CARINHO.

O PROFESSOR EDUARDO ENSINA MATEMÁTICA COM PACIÊNCIA.

Monkey Business Images/Shutterstock

Monkey Business Images/Shutterstock

GUSTAVO SABE TRATAR DAS PLANTAS COM AMOR.

FABIANA É VOLUNTÁRIA EM UM ASILO E ALEGRA A VIDA DAS PESSOAS QUE MORAM LÁ.

industryviews/Shutterstock

Bojan Milinkov/Shutterstock

DEUS NOS DEU INTELIGÊNCIA PARA USARMOS NOSSOS TALENTOS COM GENEROSIDADE E ALEGRIA.

- VOCÊ ACHA QUE É POSSÍVEL AJUDAR ALGUÉM COM OS SEUS TALENTOS? COMPARTILHE IDEIAS COM OS COLEGAS.

ATIVIDADES

1 AS INVENÇÕES ABAIXO FORAM CRIADAS POR PESSOAS TALENTOSAS E INTELIGENTES.

- ACENDA APENAS AS LÂMPADAS DAS BOAS INVENÇÕES. DEPOIS, PINTE-AS DE **AMARELO**.

Pixabay/<pixabay.com>

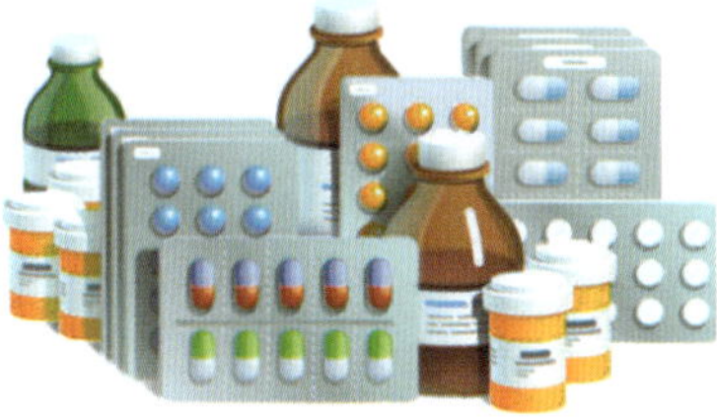

Iconic Bestiary/Shutterstock

Pixabay/<pixabay.com>

A)  O COMPUTADOR, PARA TRABALHAR E SE DIVERTIR.

B)  OS REMÉDIOS, PARA CURAR.

C)  AS ARMAS, PARA A GUERRA.

Banco de imagem/Arquivo da editora

2 DESENHE OU COLE UMA FOTO DO SEU ROSTO NO ESPELHO ABAIXO. DEPOIS, CONTORNE AO LADO OS TALENTOS QUE VOCÊ TEM.

DS ilustras/Arquivo da editora

CORRER | COZINHAR

CANTAR | SORRIR

TOCAR UM INSTRUMENTO

FAZER CONTAS | DANÇAR

SER ORGANIZADO

NADAR | SER DIVERTIDO

AJUDAR AS PESSOAS

VOCÊ EM AÇÃO

RECONHECENDO TALENTOS NAS PESSOAS

ESTE É FABRÍCIO.

ELE DESENHOU DUAS PESSOAS DA FAMÍLIA E INDICOU OS TALENTOS DE CADA UMA DELAS.

Fuller Photography/Shutterstock

Ilustrações: DS Ilustras/Arquivo da editora

A MÃE DE FABRÍCIO SE CHAMA PATRÍCIA. UM DOS TALENTOS DE PATRÍCIA É CUIDAR DA FAMÍLIA.

JOSÉ É O AVÔ DE FABRÍCIO. UM DOS TALENTOS DE JOSÉ É CONTAR HISTÓRIAS PARA ALEGRAR OS NETOS.

1 DESENHE O RETRATO DE DUAS PESSOAS DA SUA FAMÍLIA NOS ESPAÇOS ABAIXO.

A) ESCREVA O NOME DA PESSOA EMBAIXO DO RETRATO DELA.

B) ESCREVA QUE TALENTO ELA TEM.

NOME: ....

TALENTO: ....

NOME: ....

TALENTO: ....

2 EM CASA, MOSTRE ESTA PÁGINA AOS FAMILIARES QUE VOCÊ DESENHOU E COMPARTILHE COM ELES OS TALENTOS QUE ELES TÊM.

14 AS NOSSAS ESCOLHAS

NÃO FAÇA AOS OUTROS O QUE NÃO DESEJA QUE FAÇAM A VOCÊ.

MATEUS 7,12

DESDE A HORA QUE ACORDAMOS ATÉ QUANDO NOS DEITAMOS, FAZEMOS DIVERSAS ESCOLHAS QUE INFLUENCIAM A NOSSA VIDA. COM O PROFESSOR, LEIA O TEXTO ABAIXO.

POSSO IR RÁPIDO OU DEVAGAR.
EU QUERO DECIDIR.

POSSO PULAR OU NADAR.
DE RODA OU DE CORDA VOU BRINCAR.

POSSO CANTAR E DANÇAR.
ESTUDAR, DESCANSAR, PASSEAR.

SÃO TANTAS OPÇÕES PRA ESCOLHER.
PÃO DE QUEIJO OU BRIGADEIRO DE COLHER.

Ilustrações: DS ilustras/Arquivo da editora

TEXTO ELABORADO PELAS AUTORAS ESPECIALMENTE PARA ESTA OBRA.

AS MELHORES ESCOLHAS

Rawpixel.com/Shutterstock

POSSO FALAR OU ME CALAR,
ISSO SE CHAMA LIBERDADE.
ESCOLHER PODE SER DIFÍCIL
EM QUALQUER IDADE.
DEUS ME DEU SABEDORIA,
EU JÁ SEI O QUE FAZER.
VOU RESPEITAR AS PESSOAS
E MUITO CARINHO OFERECER.

TEXTO ELABORADO PELAS AUTORAS ESPECIALMENTE PARA ESTA OBRA.

Andrew Angelov/Shutterstock

YanLev/Shutterstock

AnnaStills/Shutterstock

1 EM DUPLAS, DESCREVAM O QUE ESTÁ ACONTECENDO EM CADA IMAGEM.

2 O QUE É LIBERDADE? CONTE PARA OS COLEGAS O QUE VOCÊ JÁ SABE SOBRE ISSO.

ATIVIDADES

1 O QUE ESTÁ ACONTECENDO EM CADA UMA DAS CENAS ABAIXO?

A)

B)

Ilustrações: DS ilustras/Arquivo da editora

C)

D)

- AGORA, PINTE APENAS AS CENAS QUE REPRESENTAM OS ALUNOS QUE FIZERAM BOAS ESCOLHAS NA ESCOLA.

2 DE QUE FORMA VOCÊ PODE COLABORAR PARA QUE A ESCOLA SEJA UM AMBIENTE AGRADÁVEL PARA TODOS? TROQUE IDEIAS COM OS COLEGAS.

3 ESTA É A LÍGIA.

polya_olya/Shutterstock

A) AJUDE A MENINA A GUARDAR AS COISAS NOS LOCAIS CORRETOS. LIGUE CADA OBJETO AO LOCAL DE GUARDAR.

Fotos: Pixabay/<pixabay.com>

Studio_G/Shutterstock

OllYXprj/Shutterstock

B) COMO VOCÊ ACHA QUE LÍGIA SE SENTE AO COLABORAR NA ORGANIZAÇÃO DA CASA?

C) COMO VOCÊ ACHA QUE OS PAIS DE LÍGIA SE SENTEM AO VÊ-LA COLABORAR COM A ORGANIZAÇÃO DA CASA? POR QUÊ?

4 VOCÊ COSTUMA MANTER AS SUAS COISAS ARRUMADAS? COMPARTILHE COM OS COLEGAS DE QUE FORMA VOCÊ FAZ ISSO.

O TEMA É...

EU ESCOLHO RESPEITAR

1 OBSERVE A CENA ABAIXO E DEPOIS CONVERSE COM OS COLEGAS.

DS ilustras/Arquivo da editora

A) O QUE ESTÁ ACONTECENDO NA CENA?

B) COMO VOCÊ ACHA QUE CADA PESSOA RETRATADA NA CENA ESTÁ SE SENTINDO?

C) VOCÊ ACHA QUE É POSSÍVEL SABER SE UMA PESSOA É LEGAL OU BOA SÓ DE OLHAR PARA ELA, SEM CONHECÊ-LA?

2 **TENTE SE LEMBRAR DO SEU PRIMEIRO DIA DE AULA DO 1º ANO. DEPOIS, CONTE AOS COLEGAS:**

A) DO QUE VOCÊ MAIS GOSTOU NAQUELE DIA?

B) VOCÊ SE SENTIU RESPEITADO? POR QUÊ?

DEVEMOS RESPEITAR AS PESSOAS MESMO QUANDO NÃO AS CONHECEMOS BEM.

MAHARA TEM 6 ANOS E NASCEU NA ÍNDIA. ELA É HINDU, OU SEJA, A RELIGIÃO DELA É O HINDUÍSMO.

Ami Parikh/Shutterstock

OS HINDUS ACREDITAM QUE EXISTEM VÁRIOS DEUSES, CADA UM DIFERENTE DO OUTRO.

SAMUEL TEM 9 ANOS E NASCEU NA ESPANHA. ELE É JUDEU, OU SEJA, A RELIGIÃO DELE É O JUDAÍSMO.

Roman Yanushevsky/Shutterstock

OS JUDEUS TÊM O COSTUME DE GUARDAR O SÁBADO, UM DIA SAGRADO QUE DEVE SER DEDICADO A DEUS.

ARTI NASCEU NA INDONÉSIA. ELA TEM 7 ANOS. A RELIGIÃO DE ARTI É O ISLAMISMO. ELA É MUÇULMANA.

OlegD/Shutterstock

O ISLÃ CONSIDERA MAOMÉ O PROFETA MAIS IMPORTANTE.

LARISSA TEM 7 ANOS E NASCEU NO BRASIL. ELA FREQUENTA A IGREJA CATÓLICA APOSTÓLICA ROMANA. ELA É CRISTÃ CATÓLICA.

Pixel-Shot/Shutterstock

OS CATÓLICOS PODEM REZAR EM TODOS OS LUGARES, ESPECIALMENTE DURANTE A MISSA.

RAONI TEM 6 ANOS E É UM INDÍGENA KALAPALO. ELE NASCEU NO BRASIL E CONSIDERA A NATUREZA UM LUGAR SAGRADO.

Sergio Ranalli/Pulsar Imagens

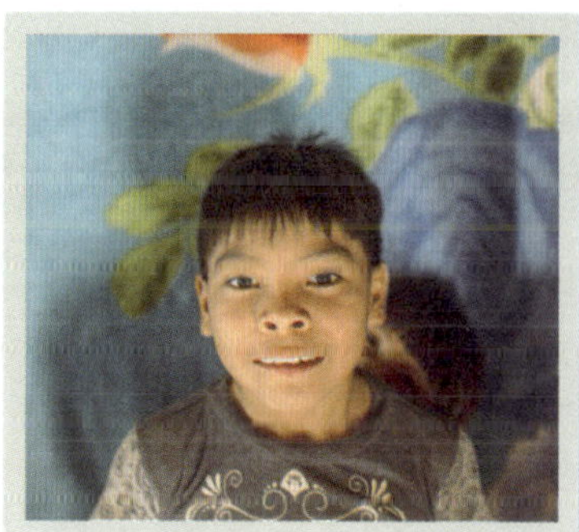

OS INDÍGENAS SENTEM UMA FORTE CONEXÃO COM A NATUREZA.

TODAS AS PESSOAS TÊM O DIREITO DE PRATICAR A FÉ E DEVEM SER RESPEITADAS.

15 GENTE FELIZ

NÃO HÁ NADA MELHOR PARA O HOMEM DO QUE SER FELIZ E PRATICAR O BEM.

ECLESIASTES 3,12

A FELICIDADE DEPENDE DAQUILO A QUE CADA PESSOA DÁ VALOR NA VIDA. LEIA O TEXTO ABAIXO COM O PROFESSOR.

SER FELIZ É...

CHUPAR UM PICOLÉ,
CHUTAR A BOLA COM O PÉ.

BRINCAR DE IOIÔ,
PASSEAR COM O AVÔ.

É ESCUTAR O CANTO DO PASSARINHO,
E VER QUE ELE ATÉ CONSTRUIU UM NINHO.

ANDAR DE GUARDA-CHUVA,
TOMAR UM SUCO DE UVA.

AJUDAR ALGUÉM,
SEGURAR UM NENÉM.

É CANTAR, CORRER, PULAR
E DEPOIS DESCANSAR.

É TER UMA FAMÍLIA UNIDA
E AGRADECER O DOM DA VIDA.

TEXTO ELABORADO PELAS AUTORAS ESPECIALMENTE PARA ESTA OBRA.

DS ilustras/Arquivo da editora

FELICIDADE É FAZER O BEM

QUANDO COMEMOS UMA COMIDA GOSTOSA FICAMOS FELIZES.

A COMIDA É O ALIMENTO DO CORPO.

QUANDO AJUDAMOS ALGUÉM OU SOMOS GENTIS COM AS PESSOAS TAMBÉM FICAMOS FELIZES. FAZER O BEM É ALIMENTO PARA A ALMA.

all_about_people/Shutterstock

MENINA COMENDO MORANGOS.

supersizer/E+/Getty Images

MENINO AJUDANDO A AVÓ A CAMINHAR COM ANDADOR.

HÁ MUITAS PESSOAS CARIDOSAS AO REDOR DO MUNDO DISPOSTAS A AJUDAR AQUELES QUE PRECISAM.

CARIDOSAS: BONDOSAS, QUE FAZEM O BEM PARA AS PESSOAS.

Ready Hardiyatmoko/Shutterstock

FREIRA CATÓLICA ALFABETIZANDO CRIANÇAS EM JAVA, NA INDONÉSIA, EM 2019.

Adam Jan Figel/Shutterstock

MISSIONÁRIO ESTRANGEIRO ENSINANDO CRIANÇAS EM UMA BIBLIOTECA EM LUGAZI, EM UGANDA, EM 2017.

ATIVIDADES

1 CONTORNE AS PALAVRAS QUE REPRESENTAM ALIMENTOS PARA A ALMA.

ARROZ COM FEIJÃO | AMIZADE | MAÇÃ | CARIDADE

AUXÍLIO | BONDADE | SORRISOS | SALADA

CHOCOLATE | RESPEITO | BETERRABA

2 FAÇA UM **X** NAS CENAS EM QUE AS CRIANÇAS ESTÃO FELIZES.

A)

☐

B)

☐

C)

☐

D)

☐

Ilustrações: S ilustras/Arquivo da editora

3 COMO VOCÊ AJUDARIA AS CRIANÇAS DA ATIVIDADE ANTERIOR QUE ESTÃO TRISTES? COMPARTILHE COM OS COLEGAS.

VOCÊ EM AÇÃO

A PRÁTICA DO BEM

JESUS MUITAS VEZES ALIMENTOU O CORPO E A ALMA DAS PESSOAS.

CERTA VEZ, UMA MULTIDÃO SEGUIU JESUS PARA OUVIR O QUE ELE FALAVA. JESUS FOI GENTIL COM TODOS E CUROU OS DOENTES QUE ALI ESTAVAM.

O DIA PASSOU RAPIDAMENTE E AS PESSOAS FICARAM COM FOME.

UM MENINO QUE FAZIA PARTE DA MULTIDÃO SEGURAVA UM CESTO COM CINCO PÃES E DOIS PEIXES.

JESUS, ENTÃO, PEDIU O CESTO DO MENINO E AGRADECEU A DEUS POR AQUELE ALIMENTO.

OS PÃES E OS PEIXES SE MULTIPLICARAM E TODAS AS PESSOAS QUE ESTAVAM NAQUELA MULTIDÃO FICARAM FELIZES E SEM FOME.

1 **COLE OS ADESIVOS NOS ESPAÇOS CORRESPONDENTES PARA COMPLETAR A FRASE.**

JESUS PEDIU AO MENINO O CESTO EM QUE ESTAVAM

CINCO ______ E DOIS ______.

JESUS DEU GRAÇAS E O ALIMENTO SE MULTIPLICOU E

ALIMENTOU A ______.

2 **EM CASA, CONVERSE COM SEUS FAMILIARES E PEÇA A ELES QUE DEEM EXEMPLOS DE PESSOAS QUE FAZEM O BEM.**

A) ESCREVA O NOME DAS PESSOAS QUE ELES CITARAM.

....

B) EM DATA COMBINADA COM O PROFESSOR, COMPARTILHE COM OS COLEGAS O QUE VOCÊ APRENDEU COM SUA FAMÍLIA.

16 UMA FESTA ESPECIAL

HOJE NASCEU O SALVADOR, QUE É CRISTO, O SENHOR.

EVANGELHO DE LUCAS 2,11

CADA PESSOA TEM UM DIA ESPECIAL, TODO DEDICADO A ELA. LEIA O TEXTO ABAIXO COM O PROFESSOR.

QUE ALEGRE FOI O DIA
EM QUE VOCÊ NASCEU!
DESSA LINDA DATA,
NINGUÉM SE ESQUECEU.

NO SEU ANIVERSÁRIO,
PARABÉNS VOU CANTAR
COM AMOR E MUITAS PALMAS,
FELICIDADES DESEJAR.

VOU PEDIR EM ORAÇÃO
PARA SEU ANO SER FELIZ.
MUITO BOLO E MUITA BÊNÇÃO
É O QUE MEU CORAÇÃO DIZ.

TEXTO ELABORADO PELAS AUTORAS ESPECIALMENTE PARA ESTA OBRA.

DS ilustras/Arquivo da editora

1 O QUE SE COMEMORA NO DIA DO ANIVERSÁRIO?

2 VOCÊ ACHA IMPORTANTE COMEMORAR O ANIVERSÁRIO? POR QUÊ?

O NASCIMENTO DE JESUS

MARIA E JOSÉ VIVIAM EM NAZARÉ. ELA ESTAVA GRÁVIDA QUANDO ELES RECEBERAM A NOTÍCIA DE QUE TERIAM QUE VIAJAR PARA BELÉM, NA JUDEIA.

QUANDO ESTAVAM EM BELÉM, CHEGOU A HORA DO NASCIMENTO DO BEBÊ, MAS NÃO HAVIA LUGAR PARA ELES SE HOSPEDAREM.

ENTÃO, MARIA E JOSÉ FORAM ATÉ UMA ESTREBARIA E IMPROVISARAM UM BERÇO NA MANJEDOURA.

ESTREBARIA: LOCAL ONDE FICAM OS CAVALOS, ESTÁBULO.
MANJEDOURA: RECIPIENTE ONDE CAVALOS E VACAS SE ALIMENTAM.

FOI ASSIM, COM SIMPLICIDADE, QUE JESUS NASCEU.

O NATAL, ANIVERSÁRIO DE JESUS, É COMEMORADO NO MUNDO TODO ATÉ OS DIAS DE HOJE.

DS ilustras/Arquivo da editora

ATIVIDADES

1 PINTE OS PRESENTES QUE VOCÊ GOSTARIA DE OFERECER PARA O MENINO JESUS.

2 DECORE A ÁRVORE DE NATAL ABAIXO DO JEITO QUE VOCÊ ACHAR MAIS BONITO.

Ilustrações: DS ilustras/ Arquivo da editora

O TEMA É...

O NATAL NO MUNDO

O ANIVERSÁRIO DE JESUS É COMEMORADO JUNTO DA FAMÍLIA E DOS AMIGOS EM DIVERSOS PAÍSES.

Brendan Duffy/Alamy/Fotoarena

EM MUITOS LUGARES É TRADIÇÃO MONTAR O PRESÉPIO, PEQUENA CONSTRUÇÃO E FIGURAS QUE REPRESENTAM O MOMENTO EM QUE JESUS NASCEU. SÃO FRANCISCO DE ASSIS COMEÇOU ESSA TRADIÇÃO COM O OBJETIVO DE MOSTRAR ÀS PESSOAS ESSE ACONTECIMENTO TÃO ESPECIAL. FOTO DO PRESÉPIO DA CATEDRAL DA SÉ, EM SÃO PAULO, NO ESTADO DE SÃO PAULO, EM 2013.

EM PORTUGAL, AS FAMÍLIAS COSTUMAM COMEMORAR O NATAL EM CASA. O PRATO TRADICIONAL SERVIDO É O BACALHAU E DE SOBREMESA SÃO SERVIDAS RABANADAS.

Natalia Mylova/Shutterstock

RABANADAS SÃO DOCES FEITOS DE FATIAS DE PÃO MOLHADAS EM LEITE, PASSADAS EM OVOS BATIDOS E, DEPOIS, FRITAS. É UM DOCE TÍPICO DE PORTUGAL.

NA ALEMANHA, FAZ PARTE DA CELEBRAÇÃO DE NATAL PREPARAR UMA GUIRLANDA COM QUATRO VELAS. ESSA GUIRLANDA É CHAMADA DE **COROA DO ADVENTO**.

GUIRLANDA: ENFEITE PARA PORTA OU MESA FEITO COM FLORES E RAMOS DE FOLHAS ENTRELAÇADOS.

Ansis Klucis/Shutterstock

A COROA DO ADVENTO É UM RELÓGIO DE LUZ USADO HÁ MUITO TEMPO. QUATRO VELAS, ACESAS UMA A UMA, REPRESENTAM OS DOMINGOS QUE ANTECEDEM O DIA DO NATAL. O NATAL É A FESTA DA LUZ, POIS JESUS É A LUZ DO MUNDO.

NA ARGENTINA, É COMUM QUE AS FAMÍLIAS SOLTEM FOGOS DE ARTIFÍCIO NA VÉSPERA DO DIA 25 DE DEZEMBRO, EM HOMENAGEM AO NASCIMENTO DE JESUS.

Marcos Brindicci/Reuters/Fotoarena

FOGOS DE ARTIFÍCIO EM BUENOS AIRES, ARGENTINA, EM 2013.

- REÚNA-SE COM ALGUNS COLEGAS E RESPONDA ÀS QUESTÕES.

A) VOCÊ E SUA FAMÍLIA CELEBRAM O NATAL? CONTE AOS COLEGAS.

B) QUEM SÃO AS PESSOAS QUE ESTÃO COM VOCÊ NA VÉSPERA E NO DIA DE NATAL?

C) O QUE VOCÊ COSTUMA COMER NESSES DIAS?

D) VOCÊ FAZ ALGUMA ORAÇÃO ESPECIAL PARA COMEMORAR O NASCIMENTO DE JESUS?

SUGESTÕES PARA O ALUNO

LIVROS

ANA E O MUNDO DO AVESSO, DE MÔNICA GUTTMANN. SÃO PAULO: PAULUS.

MUITAS VEZES É DIFÍCIL ENTENDER O QUE ESTAMOS SENTINDO E DEVEMOS CONVERSAR COM AS OUTRAS PESSOAS SOBRE NOSSOS MEDOS. O LIVRO CONTA A HISTÓRIA DE ANA, UMA GAROTINHA MUITO INTELIGENTE QUE, PARA ENTENDER MELHOR OS SENTIMENTOS DELA, VIAJA PARA O "MUNDO DO AVESSO". NESSE LUGAR ESPECIAL, ANA APRENDE MAIS SOBRE ELA MESMA E SOBRE A FELICIDADE EM FAMÍLIA.

MIL E UMA ÁRVORES, DE JONAS RIBEIRO. JUIZ DE FORA: FRANCO.

O LIVRO APRESENTA A FLORESTA COMO UMA GRANDE CASA PARA MUITAS ESPÉCIES DE PLANTAS E ANIMAIS. NESSA HISTÓRIA, É POSSÍVEL CONHECER MELHOR A FAUNA E A FLORA BRASILEIRAS PARA PROTEGÊ-LAS.

O MENINO QUE QUASE MORREU AFOGADO NO LIXO, DE RUTH ROCHA. SÃO PAULO: MODERNA.

OS PAIS DE WALDISNEY VIAJARAM E ELE FICOU PRATICAMENTE SOZINHO EM CASA. DURANTE O DIA, A FAXINEIRA IA PARA LIMPAR A CASA E, DURANTE A NOITE, A AVÓ IA PARA DORMIR. PORÉM, O GAROTO NÃO LIGAVA PARA LIMPEZA, SEMPRE JOGANDO RESTOS DE COMIDA PELO QUARTO. IMAGINE COMO FICOU O QUARTO DELE!

FILMES

PROCURANDO DORY, DE ANDRE STANTON. ESTADOS UNIDOS, 2016, 97 min.

DORY É UMA PEIXINHA MUITO ESQUECIDA, MAS DE UMA COISA ELA NÃO SE ESQUECEU: EM ALGUM LUGAR NO MAR, ELA TEM UMA FAMÍLIA E DESEJA ENCONTRÁ-LA. NEMO, MARLIN E MUITOS OUTROS AMIGOS VÃO AJUDAR DORY NESSA AVENTURA.

TOY STORY 4, DE JOSH COOLEY. ESTADOS UNIDOS, 2019, 100 min.

BONNIE VIAJA COM OS PAIS E LEVA CONSIGO OS BRINQUEDOS. PARA A SURPRESA DE TODOS, ELA TEM UM NOVO BRINQUEDO PREFERIDO CHAMADO GARFINHO. ELE SE METE EM VÁRIAS CONFUSÕES E WOODY, UM DE SEUS BRINQUEDOS MAIS ANTIGOS, CUIDA PARA QUE NADA DE MAL ACONTEÇA AO NOVATO. DURANTE A AVENTURA, WOODY REENCONTRA BETTY, UMA VELHA AMIGA QUE LHE MOSTRA UM NOVO JEITO DE VIVER.

BIBLIOGRAFIA

AGNOLIN, ADONE. *HISTÓRIA DAS RELIGIÕES*: PERSPECTIVA HISTÓRICO-COMPARATIVA. SÃO PAULO: PAULINAS, 2013.

ALBERONI, FRANCESCO. *VALORES:* O BEM, O MAL, A NATUREZA, A CULTURA, A VIDA. RIO DE JANEIRO: ROCCO, 2000.

ANTUNES, CELSO. *NOVAS MANEIRAS DE ENSINAR, NOVAS FORMAS DE APRENDER*. PORTO ALEGRE: ARTMED, 2011.

AQUINO, THIAGO DE AVILAR. *SENTIDO DA VIDA E VALORES NO CONTEXTO DA EDUCAÇÃO*. SÃO PAULO: PAULINAS, 2015.

BASE NACIONAL COMUM CURRICULAR (BNCC). DISPONÍVEL EM: <http://basenacionalcomum.mec.gov.br/>. ACESSO EM: 17 OUT. 2019.

BETTENCOURT, ESTÊVÃO. *CRENÇAS, RELIGIÕES, IGREJAS E SEITAS – QUEM SÃO?* 8. ED. SÃO PAULO: O MENSAGEIRO DE SANTO ANTÔNIO, 2012.

BÍBLIA SAGRADA AVE MARIA. TRADUÇÃO DOS ORIGINAIS EM HEBRAICO E GREGO PELOS MONGES DE MAREDSOUS (BÉLGICA). SÃO PAULO: AVE-MARIA, 2006.

BIBLIOTECA VIRTUAL DE DIREITOS HUMANOS. DISPONÍVEL EM: <www.direitoshumanos.usp.br>. ACESSO EM: 17 OUT. 2019.

BITTENCOURT, ZORAIA AGUIAR ET. AL. *A COMPREENSÃO LEITORA NOS ANOS INICIAIS*: REFLEXÕES E PROPOSTAS DE ENSINO. PETRÓPOLIS: VOZES, 2015.

BNCC NA PRÁTICA. DISPONÍVEL EM: <www.bnccnapratica.com.br/>. ACESSO EM: 17 OUT. 2019.

BOWKER, JOHN. *PARA ENTENDER AS RELIGIÕES*. SÃO PAULO: ÁTICA, 1997.

BRASIL. MINISTÉRIO DA EDUCAÇÃO. *BASE NACIONAL COMUM CURRICULAR (BNCC)*. BRASÍLIA. 2017. DISPONÍVEL EM: <http://basenacionalcomum.mec.gov.br/images/BNCC_EI_EF_110518_versaofinal_site.pdf>. ACESSO EM: 17 OUT. 2019.

BRASIL ESCOLA. DISPONÍVEL EM: <https://brasilescola.uol.com.br/>. ACESSO EM: 17 OUT. 2019.

BRIGHT, JOHN. *HISTÓRIA DE ISRAEL*. 2. ED. SÃO PAULO: PAULUS, 2004.

CAMPBELL, LINDA; CAMPBELL, BRUCE; DICKINSON, DEE. *ENSINO E APRENDIZAGEM POR MEIO DAS INTELIGÊNCIAS MÚLTIPLAS*. PORTO ALEGRE: ARTMED, 2000.

CANÇÃO NOVA. DISPONÍVEL EM: <https://formacao.cancaonova.com/>. ACESSO EM: 17 OUT. 2019.

CARABALLO, SIMON ALFREDO. *MEU GRANDE AMOR POR JESUS ME CONDUZIU AO ISLAM*. SÃO PAULO: FAMBRAS, [S.D.].

CARNIATO, MARIA INÊS. *ENSINO RELIGIOSO*. SÃO PAULO: PAULINAS, 2010.

CATECISMO DA IGREJA CATÓLICA. DISPONÍVEL EM: <www.vatican.va/archive/ccc/index_po.htm>. ACESSO EM: 17 OUT. 2019.

CATUNDA, RICARDO. *BRINCAR, CRIAR, VIVENCIAR NA ESCOLA*. RIO DE JANEIRO: SPRINT, 2005.

CENCINI, AMEDEO. *A ARTE DE SER DISCÍPULO*. SÃO PAULO: PAULINAS, 2011.

CENTRO VIRTUAL DE DIVULGAÇÃO E ESTUDO DO ESPIRITISMO. DISPONÍVEL EM: <https://cvdee.org/>. ACESSO EM: 17 OUT. 2019.

CESCON, EVERALDO; NODARI, PAULO CÉSAR. *FILOSOFIA, ÉTICA E EDUCAÇÃO*: POR UMA CULTURA DE PAZ. SÃO PAULO: PAULINAS, 2014.

CNBB. *CRISTÃOS LEIGOS E LEIGAS NA SOCIEDADE (DOC.105)*. BRASÍLIA: CNBB, 2019. (DOCUMENTOS DA CNBB)

CONFERÊNCIA NACIONAL DOS BISPOS DO BRASIL – CNBB. DISPONÍVEL EM: <www.cnbb.org.br>. ACESSO EM: 17 OUT. 2019.

COSTA, VAGNER. *O SEGREDO DA AMIZADE*. SÃO PAULO: MODERNA, 2002. (GIRASSOL)

DALAI-LAMA. *PACIFICANDO O ESPÍRITO*. RIO DE JANEIRO: BERTRAND BRASIL, 2001.

DEPIZZOLI, ANTONIO; CRUZ, THEREZINHA (ORG.). *E SEGUIRAM JESUS... CAMINHOS BÍBLICOS DE INICIAÇÃO*. BRASÍLIA: CNBB, 2018.

ELIADE, MIRCEA. *IMAGENS E SÍMBOLOS*: ENSAIO SOBRE O SIMBOLISMO MÁGICO-RELIGIOSO. SÃO PAULO: MARTINS FONTES, 2012.

FEDERAÇÃO DAS ASSOCIAÇÕES MUÇULMANAS DO BRASIL – FAMBRAS. DISPONÍVEL EM: <www.fambras.org.br>. ACESSO EM: 17 OUT. 2019.

FONAPER. *PARÂMETROS CURRICULARES NACIONAIS*: ENSINO RELIGIOSO. SÃO PAULO: MUNDO MIRIM, 2009.

FUNDAÇÃO NACIONAL DO ÍNDIO – FUNAI. DISPONÍVEL EM: <www.funai.gov.br>. ACESSO EM: 17 OUT. 2019.

INSTITUTO BRASILEIRO DO MEIO AMBIENTE E DOS RECURSOS NATURAIS RENOVÁVEIS – IBAMA. DISPONÍVEL EM: <www.ibama.gov.br/>. ACESSO EM: 17 OUT. 2019.

JUNQUEIRA, SÉRGIO ROGÉRIO AZEVEDO; MENEGHETTI, ROSA GITANA KROB; WASCHOWICZ, LILIAN ANNA. *ENSINO RELIGIOSO E SUA RELAÇÃO PEDAGÓGICA*. PETRÓPOLIS: VOZES, 2002.

KRONBAUER, SELENIR CORRÊA GONÇALVES; STROHER, JANETE MARGA. *EDUCAR PARA A CONVIVÊNCIA NA DIVERSIDADE*. SÃO PAULO: PAULINAS, 2009.

MINISTÉRIO DA EDUCAÇÃO. DISPONÍVEL EM: <http://portal.mec.gov.br/index.php>. ACESSO EM: 17 OUT. 2019.

O ALCORÃO: LIVRO SAGRADO DO ISLÃ. TRADUÇÃO DE MANSOUR CHALLITA. 12. ED. RIO DE JANEIRO: BESTBOLSO, 2017.

PAPA FRANCISCO. *QUEM SOU EU PARA JULGAR*. RIO DE JANEIRO: LEYA, 2017.

PEIXOTO, NOBERT. *AS FLORES DE OBALUAÊ*: O PODER CURATIVO DOS ORIXÁS. 2. ED. PORTO ALEGRE: BESOUROBOX, 2018.

PENSAMENTO VERDE. DISPONÍVEL EM: <www.pensamentoverde.com.br/>. ACESSO EM: 17 OUT. 2019.

PONDÉ, LUIZ FELIPE. *ESPIRITUALIDADE PARA CORAJOSOS*: A BUSCA DO SENTIDO DO MUNDO DE HOJE. SÃO PAULO: PLANETA DO BRASIL, 2018.

RIVA, GABRIELA R. SAAD. *ÁGUA, UM DIREITO HUMANO*. SÃO PAULO: PAULINAS, 2016. (CIDADANIA)

SENRA, ANA. *OFICINAS PSICOPEDAGÓGICAS PARA SUPERAÇÃO DA EXCLUSÃO*. PETRÓPOLIS: VOZES, 2016.

TOROPOV, BRANDON; BUCKLES, LUKE. *O GUIA COMPLETO DAS RELIGIÕES DO MUNDO*. 2. ED. SÃO PAULO: MADRAS, 2017.

VATICANO. DISPONÍVEL EM: <www.vatican.va>. ACESSO EM: 17 OUT. 2019.

WALTERS, KERRY. *ATEÍSMO*: UM GUIA PARA CRENTES E NÃO CRENTES. SÃO PAULO: PAULINAS, 2018.

WERNER, CAMILA (EDIT.). *O LIVRO DAS RELIGIÕES*. TRADUÇÃO DE BRUNO ALEXANDER. 2. ED. SÃO PAULO: GLOBO, 2016.

ADESIVOS

UNIDADE 1

Ilustrações: DS ilustras/Arquivo da editora

UNIDADE 3

krisadap/Shutterstock

lou armor/Shutterstock

Christian Herzog/Shutterstock

UNIDADE 4

Ilustrações: DS ilustras/Arquivo da editora

MARCHA CRIANÇA

1º ANO
ENSINO FUNDAMENTAL

ENSINO RELIGIOSO

CADERNO DE CRIATIVIDADE E ALEGRIA

ALUNO: ....

ESCOLA: .... TURMA: ....

editora scipione

SUMÁRIO

DS ilustras/Arquivo da editora

JOGO DA MEMÓRIA DAS BRINCADEIRAS INFANTIS

1. DESTAQUE AS CARTAS DO JOGO DA MEMÓRIA.
2. VIRE AS CARTAS COM A IMAGEM VOLTADA PARA BAIXO E EMBARALHE-AS.
3. O OBJETIVO DO JOGO É TENTAR LOCALIZAR AS CARTAS IGUAIS, FORMANDO PARES.

Robert Kneschke/Shutterstock

Robert Kneschke/Shutterstock

Iakov Filimonov/Shutterstock

Iakov Filimonov/Shutterstock

Adriano Kirihara/Pulsar Imagens

Adriano Kirihara/Pulsar Imagens

LightField Studios/Shutterstock

LightField Studios/Shutterstock

Dave Nagel/The Image Bank/Getty Images

Andrey_Popov/Shutterstock

Monkey Business Images/Shutterstock

Cnaydur/Shutterstock

Sergey Novikov/Shutterstock

Dave Nagel/The Image Bank/Getty Images

Andrey_Popov/Shutterstock

Monkey Business Images/Shutterstock

Cnaydur/Shutterstock

Sergey Novikov/Shutterstock

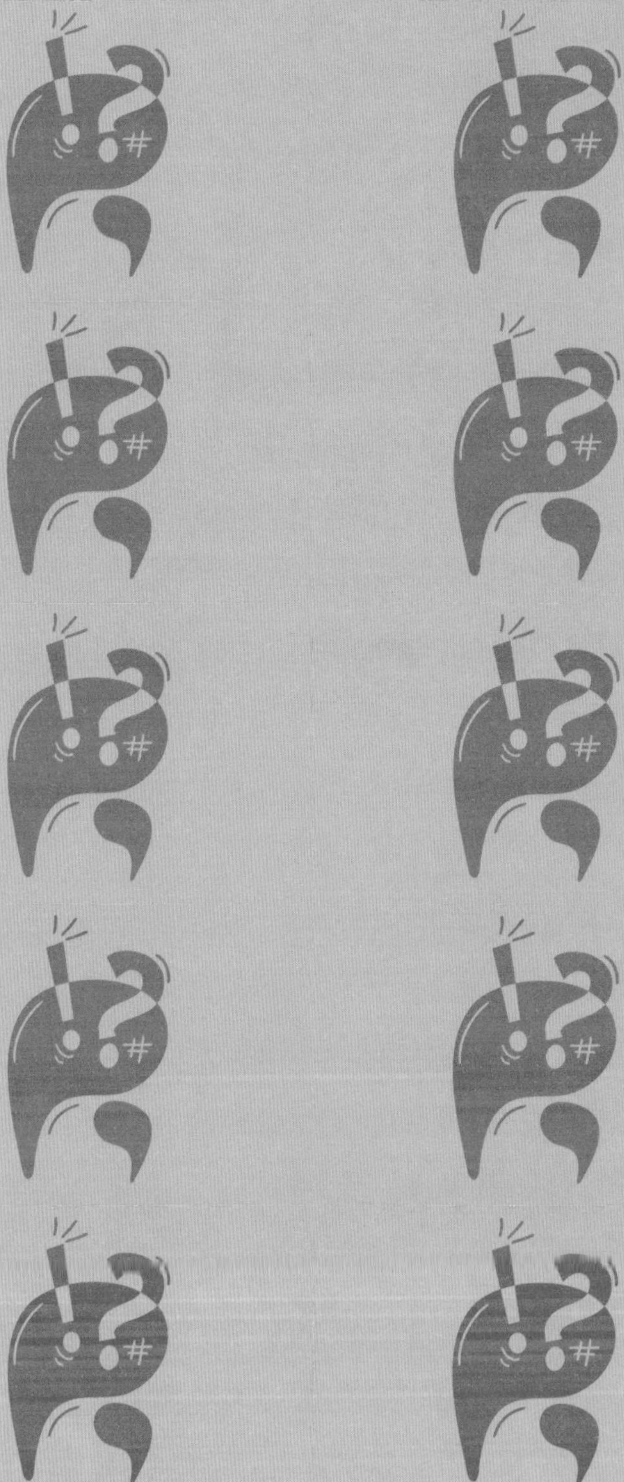

PINTANDO A AMIZADE

NO ESPAÇO ABAIXO, FAÇA UM DESENHO QUE REPRESENTE UM AMIGO SEU. VOCÊ PODE USAR: CANETINHAS, TINTA GUACHE, COLAGENS. USE A IMAGINAÇÃO E A CRIATIVIDADE.

LEMBRE-SE DE ESCREVER O NOME DO SEU AMIGO, A IDADE DELE E A DATA EM QUE O DESENHO FOI FEITO.

NOME: ____

IDADE: __________ ANOS DATA: ______/______/______

DADO DAS ATITUDES

1. DESTAQUE O DADO ABAIXO E, COM COLA EM BASTÃO, COLE OS LOCAIS INDICADOS.
2. FORMEM GRUPOS COM, NO MÁXIMO, 3 ALUNOS.
3. UM ALUNO POR VEZ JOGARÁ O DADO E DEVERÁ DESCREVER UMA SITUAÇÃO/ATITUDE QUE REPRESENTE A PALAVRA QUE APARECEU OU EXPLICAR COM SUAS PALAVRAS O SIGNIFICADO DELA.
4. CASO APAREÇA UMA PALAVRA QUE REPRESENTE UMA ATITUDE RUIM, ALÉM DE DESCREVER A SITUAÇÃO, O ALUNO QUE A SORTEOU DEVERÁ FALAR UMA MANEIRA DE COMBATÊ-LA.

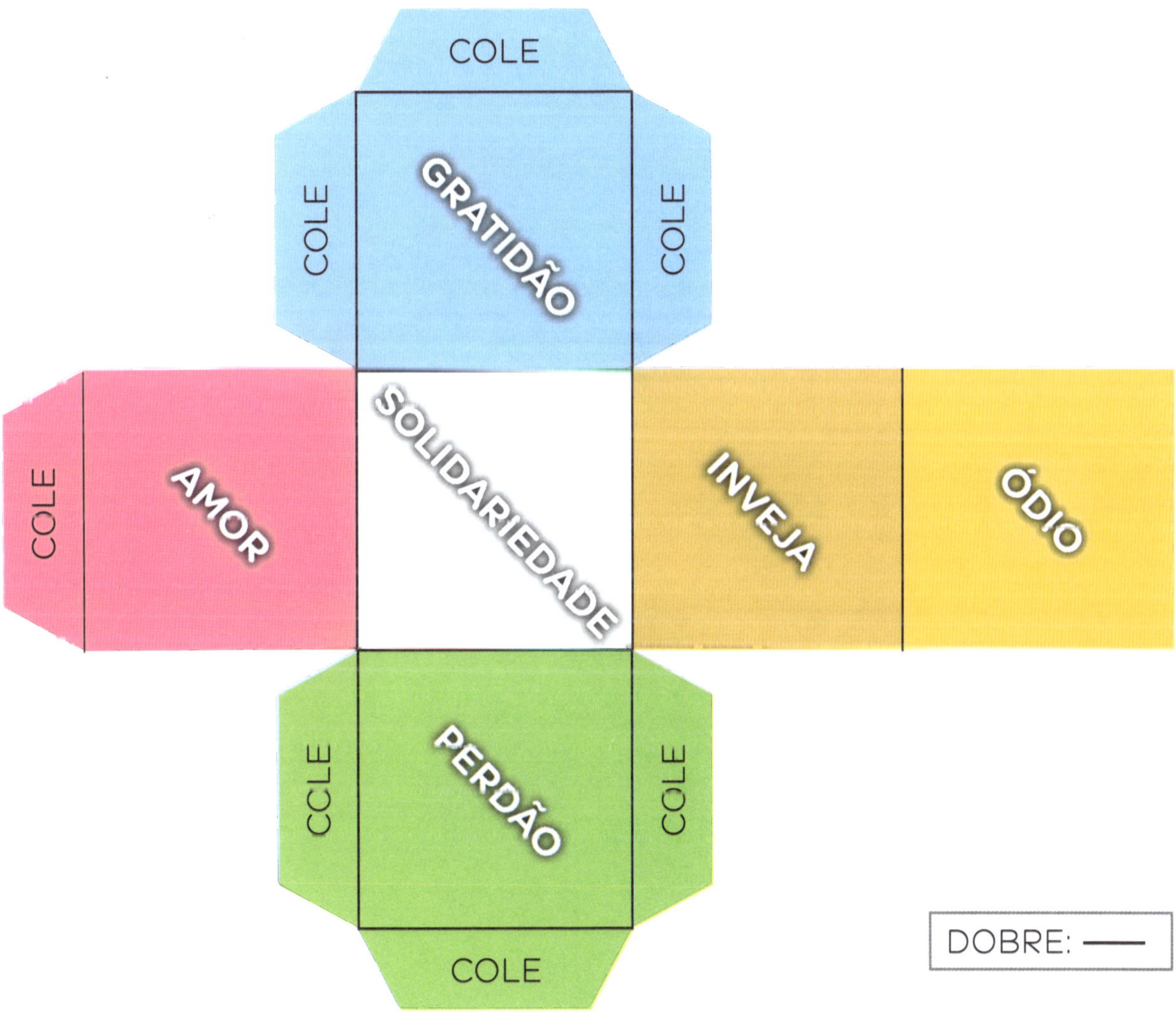

Banco de imagens/Arquivo da editora

DOBRE: ——

QUEBRA-CABEÇA DA PRESERVAÇÃO

DESTAQUE AS PEÇAS DO QUEBRA-CABEÇA E MONTE UMA CENA QUE REPRESENTA O CUIDADO QUE TODOS DEVEMOS TER COM O NOSSO ENTORNO.

André Valle/Arquivo da editora

MÓBILE DOS TALENTOS

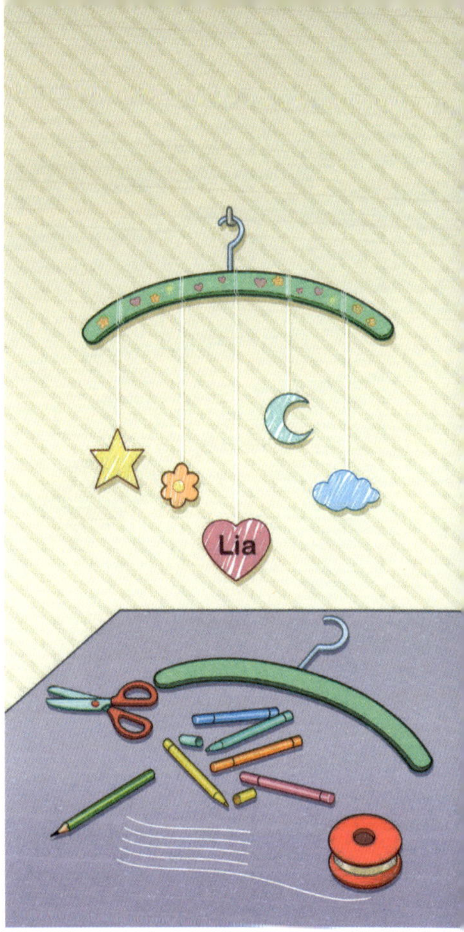

André Valle/Arquivo da editora

1. PARA MONTAR O MÓBILE DOS TALENTOS VOCÊ VAI PRECISAR DE:
   - 5 FIOS DE NÁILON (4 FIOS DE 15 cm E 1 DE FIO 30 cm)
   - 1 CABIDE
   - CANETINHAS
   - LÁPIS APONTADO
   - TESOURA COM PONTAS ARREDONDADAS
2. FORME DUPLAS. EM SEGUIDA, DESTAQUE AS PEÇAS E ESCREVA, EM CADA UMA DELAS, UMA QUALIDADE/UM TALENTO DO COLEGA.
3. DEPOIS, COM A PONTA DO LÁPIS, FAÇA UM FURINHO NO LOCAL INDICADO EM CADA PEÇA.
4. COM O AUXÍLIO DO PROFESSOR, PASSE O FIO DE NÁILON PELO FURINHO E DÊ UM NÓ. FAÇA ISSO EM TODAS AS PEÇAS.
5. POR FIM, AMARRE A PONTA DO FIO DE NÁILON NO CABIDE.

Ilustrações: Banco de Imagens/Arquivo da editora

NOME

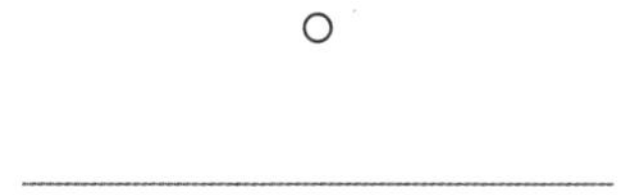

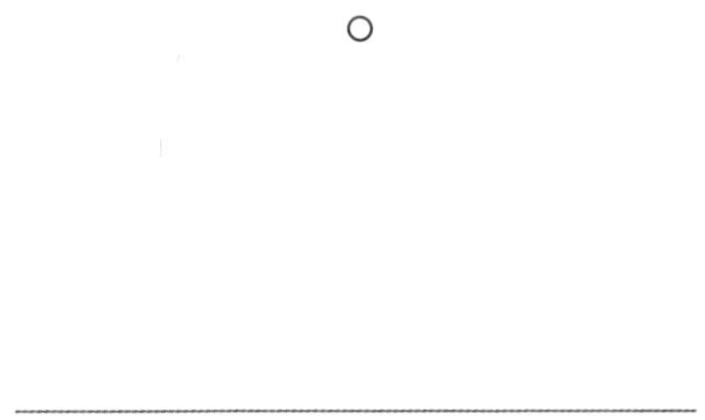

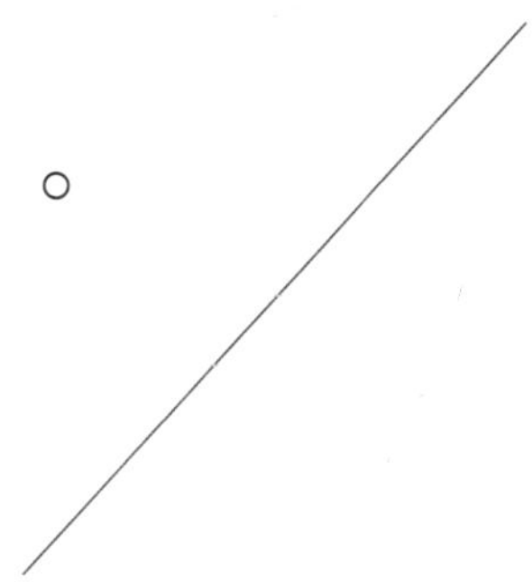

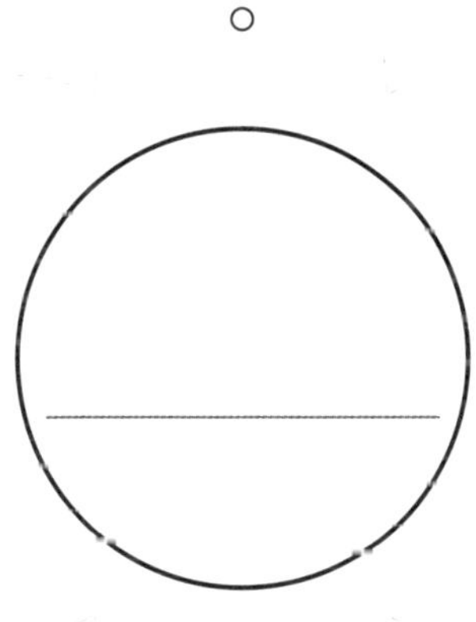

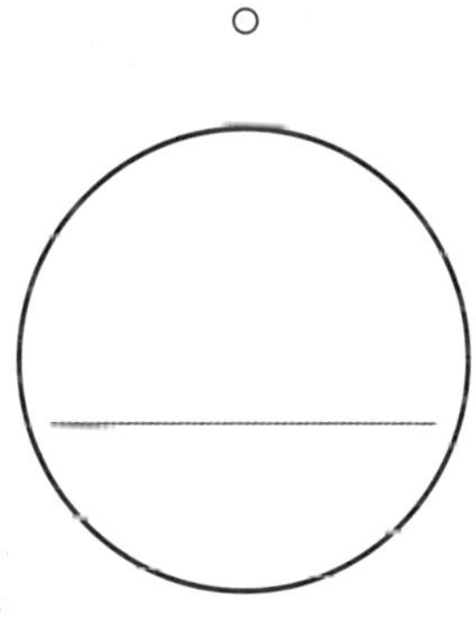

Ilustrações: Banco de Imagens/Arquivo da editora